어린이시 깊이 읽기

어린이와 시

어린이와 시

초판 1쇄 인쇄 2017년 3월 10일
초판 1쇄 발행 2017년 3월 15일

지은이 오인태
펴낸이 김승희
펴낸곳 도서출판 살림터

기획 정광일
편집 조현주
북디자인 꼬리별

인쇄·제본 (주)현문
종이 월드페이퍼(주)

주소 서울시 영등포구 양평로21가길 19 선유도 우림라이온스밸리 1차 B동 512호
전화 02-3141-6553
팩스 02-3141-6555
출판등록 2008년 3월 18일 제313-1990-12호
이메일 gwang80@hanmail.net
블로그 http://blog.naver.com/dkffk1020

ISBN 979-11-5930-031-8 03800

어린이시 깊이 읽기

어린이와 시

오인태 지음

어린이시를 연구하면서 가장 힘들었던 것은 원료, 곧 어린이시를 구하는 일이었다. 세상에 널리고 널린 것이 아이들이 쓴 시 아니냐고 반문하겠지만, 어린이시란 게 하나같이 미덥지 못했다.

아이들에게 가장 익숙하고 손쉬운 표현도구가 '말'과 '그림'이다. 그러나 어른들은 이를 보아줄 능력도 관심도 없이 오로지 자신들의 생각과 표현 방식을 '교육'이라는 미명하에 아이들에게 강요하고 있지 않은가. 이래 가지고서야 교육이 제대로 될 리 없다. 이런 문제의식에서 시작한 이 연구는 얼마나 아이들의 사고가 변질되지 않은 채로 오롯이 담겨 있는 자료를 확보하느냐에 성패가 달린 것이었다. 대부분의 어린이시가 어른의 손을 너무 많이 탄 탓이다.

아이들을 직접 지도하면서, 교대 '쓰기·문학' 강좌 수강생들의 도움을 받아 가면서 수집한 어린이시는 1만여 편, 이 가운데서 이미 알려진 어린이시를 베낀 것으로 보이는 시, 교사나 학부모가 개입한 것으로 추정되는 시, 문집을 통해 발표된 시, 같은 제목으로 반 모두에게 과제로 내준 시, 중복되는 시, 학교와 아동 이름이 빠진 시 따위를 모두 추리니 2,000여 편이 남았다. 여기서 학년별, 지역별 표본 기준에 따라 최종 사례로 삼은 시는 535편이었다. 이처럼 연구 시간의 대부분을 자료 수집과 분류, 그리고 목록을 만드는 일에 쏟아부었으니 바탕 재료, 즉 원료를 구하는 일이 무엇보다 힘들었다고 고백하는 것이다.

사람에게도 운이 있는 것처럼 책도 운이라는 게 있는 것 같다. 이 책은 내 박사학위 논문을 다듬어 『어린이문학』에 연재했던 원고가 바탕이 된 것인데, 논문을 발표하고 곧바로 한 교육전문 출판사에서 단행본으로 내기로 했었다. 그러나 출판사에 사정이 생겨 출판을 재촉할 형편이 아니었던 데다 아는 분이 소개한 다른 출판사에서도 가타부타 연락이 없어 출판 계획을 잠시 접어 두고 있던 터였다. 논문을 읽었던 분들이 '박사논문 치고 참 쉽고 재미있다'고 한껏 추키는 바람에 내심 단행본 출간에 의욕과 기대를 잔뜩 키우고 있었는데 말이다. 그러다 교육전문 서적을 주로 내고 있는 살림터 출판사에서 책을 내주기로 해서 비로소 세상에 나오게 되었으니 논문을 발표하고 햇수로 꼭 10년 만의 일이다.

'어린이시의 생성심리와 표현상의 특징'이라는 제목을 달았던 학위논문이 이렇게 책으로 나온 건 한참 더뎌졌으나 그동안 공부한 것을 묵힌 채 허송세월만 한 것은 아니었다. 세부전공은 문학교육이지만 학위논문 주제는 보다시피 '어린이문학교육'인 셈인데 이 주제에 집중해서 공부하고 논문을 준비하면서 거의 20년 만에 동시를 다시 쓰기 시작해 2012년에 동시집 한 권을 내기도 했다. 그리고 교대에서 7년 동안 '쓰기문학교육'과 '어린이문학교육' 강좌를 맡아 강의를 하는 한편 동시평론도 십수 편 써서 이 또한 거의 단행본 한 권 분량의 원고를 지니고 있다. 이만하면 전공에 대한 보상은 넉넉히 받은 셈이다. 이러니 내가 어린이와 관련한 자리라면 어디서건 어린이옹호론자가 되는 건 너무도 당연한 일이 아니겠는가.

　어린이를 키우는 일이든 어린이를 가르치는 일이든 어린이를 위하여 글을 쓰는 일이든 그 대상인 어린이를 모르고서는 소를 모르고 소를 키우는 것이나 마찬가지다. 누가 키우든 소만 키우면 될 일이 아니잖은가. 소를 아는 사람이 소를 키워야지. 어린이를 떠나서는 존재할 수 없는 이들, 예컨대 초등 현장교사와 초등 예비교사, 학부모, 그리고 어린이문학 창작자에게까지 이 책이 두루 어린이를 이해하는 데 도움이 되기를 바란다.

새삼 말할 나위 없이 이 책이 나오기까지 가장 큰 공로자는 아이들이다. 아이들에 관련한 문제에서만은 그들이 늘 내 스승이었다. 이 책이 어린이를 단지 '덜 된 어른'으로서가 아니라 어린이 그 자체로 고유성을 지닌 존재로 인정하고 존중하자는 주장에 좀 더 설득력 있는 근거를 보태게 된다면 더 이상 바랄 게 없다.

요즘 같은 불황에 쉽지 않은 결정일 텐데 기꺼이 책을 꾸며 내준 살림터 출판사에 다시 한 번 고마운 마음 전한다.

2016년 저물녘

오인태

1부

어린이시를 읽는 세 개의 코드

어린이시, 아동성, 시성

　나는 어린이시를 '어린이 스스로 아동성에 따라 쓴 시'로 여긴다. 아동시 또는 어린이시를 '어린이가 직접 쓴 시'로 정의하는 것에 아동성이라는 전제조건을 하나 더 단 셈이다. 더 솔직한 속내를 밝히자면 나는 아동성을 어린이시의 또 하나의 부수적인 조건 정도가 아니라 반드시 갖추어야 할 필수조건으로 본다. 이런 내 입장에서는 비록 어린이가 쓴 시라도 아동성에 따르지 않고 어른이 쓴 동시를 모방하여 쓴 시는 어린이시로 치지 않는다. 그건 말 그대로 동시 모작 또는 동시 습작일 따름이다. 어린이 시기를 어느 연령대로 볼 것인가는 나중에 밝히겠다.

　어린이시와 동시는 뿌리부터 다르다. 동시는 '어른이 어린이를 위해 쓴 시'이다. 이때의 매개물이 바로 '동심'인데, 동심은 어른들이 임의로 설정한 것일 뿐, '동심'과 '아동성'이 같은 뜻의 말이 될 수 없다. 동심은 다분히 문학의 관점에서 아동에 대해 어른들이 유추한 주관적인 견해일 뿐이지 어린이심리학에 근거하여 분석한 어린이의 고유한 인지 특성, 곧 '아동성'이 아니기 때문이다. 이를테면, 동심은 어른에게도 있을 수 있는 것이지만, 아동성은 어린이에게만 있는 어린이만의 고유한 인지 특성이자 성향이다. 아동학자들이나 아동심리학자들이 분석한 '아동성'이 대체로 일치하고 따라서 일찌감치 합의되어 두루 적용되는 데 비해, '동심'에 대해서는 아직도 그 규정이 문학 연구자들이나 아동문학 창작자들마다 중구난방으로 다른 현실은 이런 사실을 뒷받침한다.

그렇다면, 과연 아동성이 무엇인가를 물을 것이다. 어린이의 인지 발달과 특성을 연구한 대표적 구성주의 학자인 피아제와 비고츠키의 이론을 분석한 결과, 나는 아동성, 곧 아동들의 고유한 인지 특성을 크게 '동일성' '현재성(평면성)', '집중성'으로 파악했다. 놀랍게도 이것은 정확히 시의 속성과 일치한다.

더 나갈 것 없이 어린이시의 본보기로 종종 거론되는 다음 어린이시를 실례로 얘기해 보자.

딱지 따 먹기를 할 때
딴 아이가
내 것을 치려고 할 때

가슴이 조마조마한다.

딱지가 홀딱 넘어갈 때

나는 내가 넘어가는 것

같다.

_강원식, 「딱지 따 먹기」(4학년 어린이시)

오줌이 누고 싶어서

변소에 갔더니

해바라기가

내 자지를 볼라 한다.

나는 안 비에 췄다

_이재흠, 「내 자지」(3학년 어린이시)

'동일성'은 자아와 대상을 동일체로 보는 인식이다. 이 동일성은 자기중심성의 심리가 그 기제로 작용한 것인데, 어린이의 자기중심성은 타자, 또는 대상에 대해 배타적인 것이 아니라 대상과 자아를 동일체로 보는 인지 특성이다. 자아와 대상을 동일시하는 동일성이야말로 시 정신이자 시의 서정성의 원리다. 김준오는 "서정시의 장르적 특징은 무엇보다도 시 정신 또는 시적 세계관이나 비전에서 발생한다. 서사나 극과 구분되는 시 정신은 단적으로 말해서 자아와 세계의 동일성에 있다. 여기서의 동일성이란 자아와 세계의 일체감이다."고 했다. 모든 사물에 생명을 부여하는 어린이들의 물활론적 인식도 자아와 대상을 동일시하는 '동일성'에서 비롯되었다. 이 시에서도 두 어린이는 각기 대상인 '딱지'와 '해바라기'를 자아와 동일한 인격을 가진 생명체로 인식하고 있다. 그래서 "딱지가 홀딱 넘어갈때", "내가 넘어가는 것 같다."고 했고, "해바라기가 내 자지를 볼라하는데", "나는 안 비에(보여) 줬다."고 했다. 이렇게 대상을 자아와 동일화하여 시적 서정성을 발휘하는 자질을 어린이들은 아동성, 곧 동일성 그 자체로서 가지고 있는 것이다.

'현재성(평면성)'은 모든 시간을 현재화하고 평면적으로 인식하는 어린이의 인지 특성이다. 어린이들은 과거의 시간까지 현재화하며 보이지 않는 부분까지 한눈에 볼 수 있는 평면상에서 인식하고 또 표현한다. 어린이들의 그림이 사뭇 도형적으로 표현되는 것도 이런 평면적 인식에서 비롯된 것이다.

어린이들의 인지 특성 가운데 하나인 이 현재성이 어떻게 시적 자질이 될 수 있는가. 폴 헤르나디의 "서사 장르가 전체성에, 극 양식이 운동에 그 본질이 있듯이 서정 장르는 순간에 그 본질이 있다."는 말처럼 시의 시제는 본질적으로 현재형이다. 시는 체험하는 순간의 감정을 포착하여 표현하는 문학 갈래이기 때문이다.

시의 시제는 체험하는 순간을 현재로 하는 시제로 쓰는 것이 원칙이다. 시의 서술은 경험의 시간을 서술의 시간으로 현재화해야 한다는 것이다. 곧 경험의 시간과 서술의 시간을 일치시켜야 한다는 말이다. 어른들은 시 습작 과정에서 이를 혼돈하여 시제 진술의 혼란상을 보이는 경우가 종종 있지만, 오히려 어린이들이 쓴 시는 거의가 현재형 시제로 써진 것을 볼 수 있다. 앞의 시를 쓴 두 어린이도 '딱지치기'는 서술 이전 시점의 경험인데 "조마조마한다."고 썼고, 오줌을 누러 갔던 일도 서술 이전의 과거 경험인데도 "볼라 한다."고 표현했다. 과거의 경험이라 할지라도 현재의 경험으로, 보이지 않는 사물도 지금 보고 있는 사물과 동일한 평면상에서 인식하는 현재성의 인지 특성 때문이다.

'집중성'은 지각의 중심에 놓인 것에 집중하고 몰두하는 의식 성향이다. '딱지치기'를 쓴 어린이도 얼마나 그 일에 몰입했으면, 딱지가 넘어가는데 마치 '내가 넘어가는' 것처럼 인식했겠는가. 어린이들을 유심히 관찰해 보면, 예컨대 장난감을 가지고 논다든지, 컴퓨터 게임을 한다든지 하는 데서 무한한 집중과 몰입에 놀랄 때가 있다. 시는 이처럼 시인의 시적 자아가 대상에 완전히 몰입하여 마침내 자아와 대상이 하나가 된 그 순간에 탄생한다. 시가 한 순간 하나의 모티브에 집중되고 압축되어 함축적으로 표현되는 것도 이런 까닭이다. 그래서 헤겔은 서사의 '확장'과 대비시켜 서정 장르를 '집중'으로 기술했다.

이와 같이 어린이들이 가지는 동일성, 현재성, 집중성은 그 자체가 시의 결정적인 조건이 된다. "어린이는 모두가 시인"이라고 하는 것도 이래서다. 이처럼 아동성 그 자체로서 이미 시인이 되는 어린이들의 어린이시를 시로 인정하지 않는 것은 억지다. 나는 수많은 이들이 시를 정의하면서 어른이, 그것도 전문 창작자가 쓰는 것이라는 조건을 붙이는 것을 읽거나 들은 적이 없다. 오히려 동시는 어린이의 세계, 곧 아동성을 동경하여 모방하는 것이 아닌가.

요즘 어린이문학에서 어린이와 어린이시에 대한 탐구에 부쩍 관심을 기울이는 현상은 이래저래 다행스럽고도 반가운 일이다.

2^부

어린이시의 자아의식

동일화의 심리

- 1학년의 시적 자아

　작가가 창조한 인물들이 서로 관계를 맺고 사건을 구성해 가는 문학이 '이야기'라면, '시'는 시인의 자아와 대상이 직접적인 관계를 맺는 문학 갈래이다. 그래서 시의 시적 자아는 비록 시의 화자가 다른 탈(페르소나)을 썼다 하더라도, 그건 시인 자신의 자아나 다름없다. 더구나 어린이시에서는 거의가 시의 화자를 달리 설정하는 일이 없이 어린이의 자아가 바로 시적 자아, 또는 시의 화자가 된다. 그러므로 어린이시는 그 시를 쓴 어린이 스스로의 자아의식과 대상과의 관계 인식이 언어로 표현되어 그대로 드러나기 마련이다.

　누구든 시를 말하자면 '자아'와 '대상'과 '언어' 가운데 어느 하나라도 빼고서는 그 본질을 규명하기 힘들다. 이 세 가지는 바로 시 쓰기에 직접 관여하는 요소인 탓이다. 이 세 요소를 규정하는, 말하자면 요소 중의 요소는 자아다. 자아가 있기에 자아를 자각하는 것이고 대상, 혹은 세계가 있는 것이며 언어가 있는 것이다.

빨래는
빨래줄에 걸면
어깨가 안 아플까
또 찌게가 꽉 꽤물
었을 땐 진짜 안아
플까
나는 아프겠다.

_1학년 어린이시, 「빨래」

운동장은 좋겠다
월 화 수 목 금 토
맨날맨날친구들이많으니까
운동장은 안좋겠다
일요일에는나도
친구업서 심심한데
운동장은더심심하겠다

_1학년 어린이시, 「운동장」

앞의 시「빨래」는 대상을 자아의 감정, 즉 '아픔'으로 끌어들인, 동화를 통한 동일성을, 뒤의 시「운동장」은 반대로 대상에 자아를 투사하여 자신의 '심심함'이라는 감정을 이입함으로써 동일성을 가지게 된 본보기이다. 그래서 각기 '빨래-나'가, '나-운동장'이 동일체가 되어 있다. 바로 피아제가 말하는 동화와 조절이다.

동화든 투사든 결국은 자아와 대상이 하나가 된 동일체의 모습으로 나타난다. 피아제는 "유기체가 환경에 대해 어떻게 반응할 것인가를 결정하는 이해의 틀, 즉 도식을 가지고 있는데, 동화를 통해 새롭게 이해해야 할 도식을 자기가 가지고 있는 기존의 도식에 맞추기도 하고, 조절을 통해 기존의 도식을 변화시켜 새로운 도식에 맞추기도 한다."고 했다. 어린이들은 이렇게 동화와 조절을 통해 끊임없이 사고의 균형을 추구한다. 이것이 평형화다. 어린이의 도식은 늘 균형화된 하나의 도식만 존재하는 셈이다. 이 동화와 조절, 그리고 평형화가 바로 자아와 대상을 쉽게 동일체로 인식하는 동일성의 심리적인 기제로 작용하는 것이다. 물론 이는 매우 순간적이고, 따라서 직관적이다.

다음 시를 읽어 보자.

무엇을 할까 그래 장난감 가지고 놀자
근데 시시 할것 같다 그래 그 놀이를

하자 그놀이는 꼭꼭 숨어라야 근데

친구가 없네 어~ 그러면 않이야

그양 친구내 집에 집접가서 놀아야겠다.

않돼 친구내집에 가면 않될걸

엄마가그러실거야 않놀아야

지그야잘래그럼 안녕

_1학년 어린이시,「무엇을 할까」

앞의 두 시가 동화와 조절 가운데 한 가지 방법으로, 그리고 그 결과인 평형화 또는 동일화가 대번에 실현된 반면, 이 시는 어린이의 이러한 순간적인 동일화가 사실은 짧은 순간에 매우 빠르고 복잡한 심리기제가 작용한 결과라는 것을 단적으로 보여 주는 예다. 이 어린이는 '혼잣말'을 통해 "무엇을 할까.", "그래 장난감 가지고 놀자.", "근데 시시할 것 같다.", "친구네 집에 가서 놀아야겠다.", "안돼, 엄마가 그러실 거야.", "(그럼)안 놀아야지. 그냥 잘래."라며 동화와 조절, 평형화의 과정을 매우 긴박하면서도 적나라하게 보여 주고 있다.

여기서 대상은 '꼭꼭 숨어라'라는 놀이이며 '이 놀이는 친구와 함께 하는 것'이라는 게 이 어린이의 의식 속에 있는 기존 도식이다. 만약 이 도식에 따라 (친구가 옆에 없으니) 친구네 집에 가서 놀이를 했다면 이 어린이의 의식에서는 동화만 있게 되고, 아마 이렇게 시가 매듭지어졌을 것이다. '(친구와 같이 놀이를 하니) 참 재미있었다.'

시에서 동화가 진행되는 과정에서 '엄마'라는 억압기제가 나타난다. 어린이정신분석학의 창시자라 불리는 안나 프로이트의 정신분석 개념에 따르면 실상, 엄마라는 존재에 의해 가해진 억압은 외부기제가 아니라 이 시를 쓴 어린이 자아의 내부방어기제에 해당한다. 이 어린이는 '친구네 집에 가서 놀이를 하고 싶은' 원본능을 '억압'이라는 자기방어기제를 가지고 억누른 것이다. 물론 이를 억제한 것은 엄마가 아니라 어린이 자신의 자아다. 이 어린이는 자아 내면의 동화, 조절을 통해 평형화를 유지한 것이다. 그 결과가 바로 "안 놀아야지. 그냥 잘래."라는 표현이다.

여기서 매우 흥미로운 지점이 있다. "그럼 안녕"이란 끝부분인데, 누가 누구에게 '안녕'이라고 말하는 것인가? 바로 어린이의 자아가 자아에게 한 말이다. 그 이유는 '어린이시의 언어'에서 밝히겠다.

자기중심성의 균열
– 2학년의 시적 자아

1학년 어린이시에 드러난 시적 자아를 들여다보았다. 1학년 어린이들의 시적 자아는 세계와 자아를 거의 반사적으로 동일화하는 인지 특징을 지녔다. 동화로든, 투사로든 이 시기 어린이들의 인지는 한 가지 도식만 가진 상태, 곧 끊임없이 평형화를 이룬다는 것이다. 이 평형화가 바로 시에서 동일화의 심리기제가 된다. 동일성은 현재성, 집중성과 더불어 시의 원리, 또는 시의 속성이기도 하다.

2학년 어린이의 시적 자아는 어떤 모습일까.

어린이시를 읽다 보면 2학년 어린이들은 이전의 전조작기 단계에서 구체적 조작기로 넘어가는 경계 지점에 서 있다는 것을 알 수 있다. 피아제는 전조작기와 구체적 조작기의 경계를 유치원생, 또는 1학년 정도의 연령으로 보고 있으나 어린이시에서는 2학년이 되어야 비로소 구체적 조작기의 특징이 나타난다. 어린이들이 문어보다 구어를 먼저, 쉽게 습득하는 데 따른 현상이다. 구체적 조작기의 인지 특징은 모든 대상을 자기중심적으로 받아들이던 전조작기에 비해 대상을 객관적으로 파악하는 인지 조작 능력을 가지게 된다는 점이다. 물론 이는 구체적 상황과 구체물에 대한 경험을 통해서만 가능하다. 이러한 인지 능력은 대상을 자아로부터 분리하는 데 말미암은 것이다. 자기중심성의 균열은 시에서 결국 동일성의 와해로 나타난다. 이것이 2학년 어린이시 읽기의 중요한 관점이다.

> 허수아비야 너 몸안에 어떻게 되어있니
> 벼가 있니 솜이 있니?
> 솜이 있니?
> 나는 내 몸에 벼가 있어.
> 허수아비야 솜이 있으면
> 춥지 않겠지?
> '나는 추운데'
>
> _2학년 어린이시, 「허수아비」

이 시는 마치 1학년 어린이들처럼 대상, 곧 허수아비를 자아의 '추움'이라는 감정 안으로 끌어들이는 동화의 심리기제를 통해 '허수아비'와 '나'를 동일화하고 있다. 흥미로운 점은 "나는 내 몸에 벼가 있어."라는 표현이다. 바로 여기서 해석이 엇갈릴 수 있다. 이 발화의 주체를 허수아비로 보느냐, 시적 자아, 곧 어린이로 보느냐에 따라 시의 의미 맥락이 달라진다. 그동안 어린이시, 특히 저학년의 시를 관찰해 온 바에 따르면, 이는 자아의 발화로 보는 것이 더 자연스럽다. 이 어린이는 자아와 대상을 분리하여 역지사지하는 사고가 잘 안 되는 것으로 보이기 때문이다. 아직 자아와 대상을 동일화하는 사고를 하고 있어서 시적 자아가 허수아비의 입장으로 전환하여 "나는 내 몸에 벼가 있어."라고 말하기 어려우리라는 것이다. 그래서 이 표현은 시적 자아가 '쌀' 혹은 '밥'을 '벼'로 인식한 결과로 읽힌다. 아마도 이 어린이는 부모나 교사에게 벼가 밥의 재료인 쌀이라는 설명을 들은 듯하다.

여기서도 어린이시는 그 자체로서 중의성을 지닌다는 것을 알게 된다. 어린이시는 전혀 다른 해석이 가능하기 일쑤인 탓이다. 이 시는 2학년 어린이가 쓴 시로서는 좀 특별한 양상을 띠는데, 같은 학년의 다른 어린이들이 대체로 '탈집중화'에 접어든 반면, 이 어린이는 아직도 자기중심성이 강한 데다 허수아비를 인격체로 인식하는 물활론적 사고 경향까지 보여 준다. 그러나 눈여겨보면 이 시에서도 자아의식이 점차 관계 인식으로 발전하는 조짐이 보인다. '자아가 타자에게 말 걸기' 현상이 바로 그것이다.

다른 2학년 어린이가 쓴 시 두 편을 더 읽어 보자.

빨간, 노랑 색깔 별로 있다.

매일 떨어지고 옷도 안 입었는데,

춥지 않을까? 내옷을 빌려줄려

해도, 내가 너무 추워서 모주겠다.

단풍잎은 추워도 다쳐도 아무렇지

않은 표정으로 나를 보는 것 같다.

_2학년 어린이시, 「단풍」

주룩주룩 비가오네 저기앞에 우리 오빠가

막뛰어오네 학원끝 마치고오나 보다

우산을들고 오빠한테 갈까말까

나는망 설인다 그러는 사이에

우리오빠 집에왔네

괜한 헛고생을 할지도 몰랐을까?

아닐까? 생각하는 나

_2학년 어린이시, 「우리 오빠」

앞의 어린이는 '반응적 주의집중'과 '자기중심성'에 따라 쉽게 동화와 투사를 통한 동일성을 가지던, 곧 '자기중심적 자아' 시기의 어린이들과는 달리 자아와 대상을 서서히 분리하기 시작한다. "매일 떨어지고 옷도 안 입었는데, 춥지 않을까?" 하면서도 "내 옷을 빌려 줄려 해도, 내가 너무 추워서 못 주겠다."고 한다. 그리고 "단풍잎은 추워도, 다쳐도 아무렇지 않은 표정으로 나를 보는 것 같다."고 하는데, 이는 '나무는 옷을 입지 않아도 추위를 못 느끼는 존재'라는 것을 스스로 지각하기 시작했음을 보여 준다. 물론, 이후 이 어린이는 시의 앞부분에서 언뜻 보이는 '물활론적' 사고조차도 서서히 과학적인, 또는 논리적인 사고로 바뀌어 갈 것이다. 뒤의 시를 쓴 어린이도 자기중심성의 균열 현상이 비친다. "우산을 들고 오빠한테 갈까 말까" "망설이는 사이에" "오빠는 집에 와"버렸고, "(내가 우산을 가져갔더라도) 괜한 헛고생을 했을 게 아닐까" 아니면, "헛고생은 아니지 않은 게 아닐까?" 하고 '생각하는' 자아의식을 드러내고 있다.

이처럼 2학년 어린이들은 1학년 어린이들이 '반응적 자기중심성'으로 해서 곧잘 동일성을 이루던 것과는 달리, '동화'와 '조절'의 과정이 쉽지 않은, 치열한 갈등 과정을 거치는 것임을 보여 준다. 점차 자기중심성에 균열이 일어난다. 자아와 대상을 서서히 분리하기 시작한다. 1학년 어린이들이 대체로 반응적 자기중심성을 가진 자기중심적 자아인 반면, 2학년은 '비판적 자아' 또는 '분리형 자아'로 넘어가는 과도기적 양상을 보여 주고 있는 것이다.

시의 측면에서 유의해야 할 부분은 자기중심성의 균열은 자아와 대상을 분리해서 바라봄으로써 일어나는 현상이라는 점이다. 이 시기 특징적 자아 유형을 '비판적 자아'와 함께 '분리형 자아'라 이름 붙인 이유가 여기 있다. 이 분리형 자아는 대상과 자아를 분리해서 대상 혹은 자아에 대해서도 관찰자적 입장을 유지하고 사물의 속성이나 상황을 논리적으로 따지기 때문에 '관찰자적 자아' 또는 '논리적 자아'라고도 할 만하다.

이 시기에 보이는 대상과 자아를 분리하는 의식은 시에서 동일성의 결속력이 떨어지는 모습으로 나타난다. 그렇다고 해서 아직 이 지점까지는 여전히 자기중심성을 잃지 않은 데다 대상을 동일체로 인식하든, 분리해서 보든 한 가지 대상을 자아의 내면세계로 집중하고 있기 때문에 시의 동일성과 집중성이 현저히 와해된 것으로 보이지는 않는다. 2학년 아동은 아직 분산적 사고가 미숙한 탓으로 짐작된다. 그리고 시는 그 속성상, 삶의 한 단면을 순간적으로 포착하는 것이기 때문에 집중성과 더불어 현재성은 여전히 뚜렷이 유지되고 있다. 이런 사실은 위에서 예를 든 모든 시들이 일관되게 단일한 사물과 사태를 대상으로 하여 현재형 시제를 취해 서술되고 있다는 점에서 단적으로 나타난다.

비판적 자아의 형성
—3학년의 시적 자아

피아제의 인지 발달 단계에 따르면 3학년 연령은 구체적 조작기에 해당한다. 이 시기 어린이는 어느 정도 논리와 추리력이 가능해지면서 뚜렷한 '탈집중화'와 함께 '보존성', 곧 '가역적 사고'와 '서열화' 능력 따위를 갖게 된다. 그러나 이 무렵의 사고는 오로지 현실에 바탕을 두고 있으며, 현실 속에서 몸으로 직접 보고, 듣고, 느끼고, 마주 본 대상이나 경험에 매여 있다.

3학년 어린이의 자아의식은 시의 대상인 현실에 대해 어떻게 반응하며 그들의 사고를 조작하는 것일까.

친구가 싸웠다
보이면 않되서
화장실에서 싸웠다

한 친구는

뒤에서 때리고

한 친구는

놀리고

아주 심한 싸움이다

또 싸운다

이번에는 형이 왔다.

싸움을 말렸다.

둘 다 다쳤다.

3-3반 선생님한테

혼났다.

싸움은 안 좋다.

_3학년 어린이시, 「싸움 구경한 날」

집에 가려는데

저 앞에 깡패들이 있다.

깡패들이 골목길에서

돈 내놔 할까봐

깡패들이 없는

큰길로 간다.

난 이제부터

누가 뭐래도

돈 안 주겠다.

_3학년 어린이시, 「좁은 길 깡패」

1학년이나 2학년 어린이의 시적 자아가 주로 반응적 자기중심성에 따라 쉽게 대상과 자아의 동일성을 이루는 반면, 위 시에서 읽다시피 3학년 어린이들은 대상을 논리에 따라 판단하고 이리저리 따지며 수용할 줄 아는 사고 능력을 보여 준다. 「싸움 구경한 날」의 어린이는 대상인 '싸움'이라는 실제상황을 줄곧 멀찌감치 지켜보다가 끝에 가서 "싸움은 안 좋다"고 결론짓는다. 「좁은 길 깡패」의 어린이도 '깡패'에게 쉽사리 '돈'을 내주지 않는, 나름대로 자기 기준과 이치에 견주고 따진 끝에 결정한 길을 선택한다. "깡패들이 없는 큰 길로 가는" 방법이다. 그리고 이 시의 자아는 "난 이제부터 누가 뭐래도 돈 안 주겠다."고 다짐한다. 반응적 자기중심성에 따른 것이 아니라 대상을 자기 기준으로 따져 보는 자아의식, 이를테면 비판적 자아의 자아의식인 셈이다. 이 비판적 자아는 자기 주관이 매우 뚜렷해서 종종 대상에 대해 극한 반발과 반항 의식을 드러내기도 하는데, 바로 다음과 같은 시의 경우다.

학교 안 가고 싶어

거짓말 1번 했는데

집에서 쫓겨났다

울고 있는데

아버지께서 오라고 하셨다

혼날까봐 말 안했다

TV 보는 척

가만히 있으니

아버지께서 물었다

슬프니?

그런데 말을 안했다

그래서 또 혼났다

_3학년 어린이시, 「거짓말」

나는 글짓기가 지겹다.

글감도 떠오르지 않았다.

무엇을 쓸지도 생각나지 않는다.

나는 글짓기가 너무 지겹다.

_3학년 어린이시, 「지겨운 글짓기」

비판적 자아가 대상에 대해 갖는 비판 의식과 반발을 보여 주는 예로 든 시다. 특히 어린이시교육을 담당하는 초등 문학교사의 입장에서 스스로를 되돌아보며 유심히 살펴야 할 시가 있다. 바로 '지겨운 글짓기'라는 제목을 달고 있는 뒤의 시를 두고 하는 말인데, 이 시기 어린이에게는 '글짓기'조차 반발의 대상에 포함된다는 사실이다. 어떻게 글짓기를 지도했기에 이런 시가 나왔을까마는, 어찌 보면 이 시를 쓴 어린이의 시적 자아는 꽤 건강하다고 볼 수도 있겠다. 이 시기의 자연스러운 자아 유형인 비판적 자아를 뚜렷이 지니고 있기 때문이다. 시를 지도한 담임교사는 시 쓰기 교육을 제대로 하고 있는 것으로 여겨진다.

다음 시들을 읽어 보자.

개구쟁이 내 동생
심부름은 잘하지만 물건을 놓고 온다.
어머니께는 잠꾸러기
어머니가 일어나라하면 신경 끄셔 라고 말을 하는 내 동생
아버지를 닮아 삐기쟁이
어머니께서 뭐라고 하시면 흥 무조건 흥

_3학년 어린이시, 「내 동생」

개구쟁이 내 동생

심심하면

나를 문다

내가 빵으로 보이나보다

개구쟁이 내 동생

내가 누워있으면

내 등에서 말타기놀이를 한다

내가 말로 보이나 보다

_3학년 어린이시, 「개구쟁이」

　이런 유형의 시는 이 무렵 어린이의 시에서 흔히 볼 수 있다. 이
오덕도 지적했다시피 어른들이 쓴 동요와 동시의 영향을 받은 어린
이시의 병폐 현상 가운데 하나다. 이를테면 '쟁이형 시'의 전형이다.
이오덕은 『아동시론兒童詩論』에서 매너리즘에 빠진 어른들의 동요와
동시의 세계가 아동 작품에 끼친 영향과 병폐를 말하면서 '지요'형,
'고요'형 외에 '좋겠네'형, '인가 봐'형, '거야'형, '바보'형, '엄마 아빠'
형 따위를 들었는데, '장이' 또는 '쟁이' 형은 '바보'형의 예를 들면
서 지적한 유형이다. 이는 초등학교 문학교육과정의 문제점, 교과서
동시 텍스트의 문제점, 그리고 어린이시교육상의 문제점을 고스란히
드러내 보이는 현상이라 할 수 있다. 이런 시가 안고 있는 가장 큰

문제는 무엇보다 어린이의 자아의식을 제대로 들여다볼 수가 없다는 점이다.

어린이시는 시로서뿐만 아니라 먼저 어린이를 이해하는 교육 자료로서 뜻과 값어치를 지닌다. 어린이시가 초등교육에서 특별히 중요한 까닭이 바로 여기 있다. 이 시기 어린이시가 보여 주는 또 다른 특징 가운데 하나는 시의 대상이 매우 다양해지고, 하나의 시 안에서도 제3의 대상들이 사이사이 끼어든다는 것이다. 「싸움 구경한 날」, 「내 동생」과 같은 시가 이런 경우다. 분산적 사고가 가능함으로써 생기는 현상인데, 자칫 시의 집중성을 떨어뜨릴 수 있다. 여러 대상을 긴밀하게 엮어 내기 위해서는 더 높은 차원에서 시를 매만지는 형상화 능력이 필요하다. 이 점은 이 시기 어린이시쓰기 지도에서 중요한 고려 사항이 되어야 할 것이다. 동시를 쓰는 어른들도 마찬가지로 새겨 둬야 할 문제다.

성적 자아의 형성

− 4학년의 시적 자아

4학년 어린이는 어떤 자아의식을 지녔을까. 어린이시를 읽으면서 가장 혼란스럽고, 당황했던 학년이 바로 4학년이다. 이 시기 어린이의 자아 정체성을 파악하기가 쉽지 않았던 탓이다. 왜 그럴까?

초등학생을 저학년과 고학년으로 나누면 고학년 시작 학년이 4학년이다. 이쯤에서 교육과정상 지식위계도 껑충 뛰어 버린다. 몸의 성장도 두드러진다. 그래서 초등교사들이 가장 까다로운 학년으로 여겨 담임하기를 부담스러워하는 학년이 4학년이다. 4학년을 맡을 바엔 차라리 5학년이나 6학년을 맡겠다고 한다.

4학년 어린이시를 읽어 보자.

교생선생님은 천사같다
잘못말해도 잘했다하고

장난쳐도 하지말라고

화를 많이 않내서

천사같다

그반대로

담임선생님은 악마같다

잘못말하면 무시하는척하고

장난을 조금만쳐도 하지말라고

화를많이 내신다. 그리고

교생선생님이왔을때만그런다.

그래서 악마같다.

_4학년 어린이시, 「교생선생님과 선생님」

공부해라

공부해라

우리엄마는

매일 잔소리한다

발씻어라

발씻어라

또 또 잔소리

컴퓨터 그만해라
컴퓨터 그만해라
아이 엄마

바가지 좀 그만 긁어요

_4학년 어린이시, 「잔소리」

    앞의 시, 「교생선생님과 선생님」을 쓴 어린이는 "교생선생님은 잘못 말해도 잘했다 하고, 장난쳐도 화를 많이 안 내기" 때문에 "천사 같다"고 한다. 반면, "담임선생님은 잘못 말하면 무시하고, 장난을 조금만 쳐도 화를 많이 내시기" 때문에 "악마 같다."고 한다. 오로지 자기에게 어떻게 하느냐를 잣대로 선악 구분을 하고 있다. 자기중심적 자아가 보여 주는 의식 특징이다. 뒤의 시, 「잔소리」는 비판적 자아의 모습을 보이기는 하지만, 다분히 감정에 치우치고 있으며 신경질을 내다시피 사뭇 거칠다. 이처럼 이 시기 어린이는 자아 정체성을 도무지 종잡기 어렵다. 또한, 이전 어린이시에서는 어떤 자아의식이든 시에 그대로 드러나던 것과는 달리, 4학년 어린이의 시에서는 자아 숨김 현상이 두드러진다는 것이다. 이 무렵 어린이의 자아 정체성을 쉽사리 파악하기 어려운 까닭이 여기 있는 게 아닌가 싶다. 그러나 꼼꼼히 읽어 보면 4학년 어린이시에서는 이전 어린이시에서 볼 수 없던 새로운 자아를 발견할 수 있다.

선생님과 혜진이와 함께
시소를 탔다

나는 내 몸무게가 탄로 날까봐
일부러 세게 뛰었다

그래서 혜진이는 들썩거렸다.

시소를 타면서
내 몸무게가 탄로나면 어쩌지?
그 생각만 했다

_4학년 어린이시, 「내 몸무게」

신체검사 하는 날
내 차례가 되면 어떡하지?
몸무게 때문에 부끄러운데

심장을 망치로 치는 것 같다.
쿵쾅쿵쾅 납작해 질 것 같다.

내 차례가 되기 전에 무슨 수를 써야 해.
"석철아, 어디 가니?"
꼭꼭 숨고 싶다.
내 몸무게를 숨기고 싶다.

_4학년 어린이시, 「꼭꼭 숨고 싶다」

　바로 '성적 자아'다. 이 성적 자아는 이전 시기에 보이던 '비판적 자아', '관찰자적 자아' 또는 '논리적 자아' 따위가 소멸되고 대체된 게 아니라 이 무렵에 새롭게 형성된 자아다.

　두 편의 시에서 보이는 공통점은 두 어린이 모두 자기 신체, 곧 외모에 대해서 자각하기 시작했다는 것이다. 그러고 보니, 이 시기 어린이시의 소재에는 '파마', '헤어스타일', '다이어트' 따위, 외모에 관한 것이 다른 학년에 견줘 꽤 많이 눈에 띈다. 또한 '친구'를 글감으로 쓴 시도 두드러지게 많다. 이는 개인적 관계 인식이 점차 사회적 관계 인식으로 바뀌고 있음을 보여 주는 현상이다. 이런 면에서 이성에 대한 자각과 관심이 사회의식의 모습을 띠는 다음과 같은 시는 흥미롭다.

오싹한 담력

기르기를 하였다.

그런데 여자들만

무서워하였다.

남자들이 앞장 서서 갔다

간이 큰가 봐

여자들을 놀래 주고

킬킬 웃는다.

_4학년 어린이시, 「오싹한 담력 기르기」

　'오싹한 담력 기르기'가 무슨 놀이인지 모르겠지만, 이 어린이는 '무서움'이 사람마다 다른 감정이 아니라 여자이기 때문에 마땅히 가지는, 말하자면 성에 따라 차별화된 감정쯤으로 여기는 듯하다. 그래서 "여자들만 (오싹한 담력 기르기를) 무서워"하고, 남자들은 "(간이 커서) 앞장서서 갔다"고 한다. (간이 작아 무서워하는) 그런 "여자들을 놀래 주고 킬킬 웃으면서" 말이다. 이 어린이는 벌써부터 '남자는 강하고 여자는 약하다'는 남성우월주의에 빠져드는 게 아닌가, 걱정된다. 이런 사회의식은 말할 필요도 없이 어른들에게서 전이되고 학습되었을 테다. 어린이시가 시로서뿐만 아니라, 먼저 교육 자료로서 그 가치가 매우 크다는 것을 이 시는 잘 보여 준다. 이 어린이가 갖고 있는 그릇된 사회의식은 바르게 고쳐 잡아야 한다. 이런 허위의식을 깨는 데서부터 성교육이든 양성평등교육이든 출발해야 하지 않겠는가.

어른들이 쓰는 동시에서는 아직도 어린이에게 '성'을 얘기하는 것을 꺼려 하고 있다. 읽었다시피, 어린이는 성장 발달 단계에 따라 자연스레 성적 자아를 형성하여 나름대로 성에 대한 관심을 가지며 스스럼없이 드러내 말하기도 한다. 어린이들이 건강하고 올바른 성의식을 갖도록 도와주는 동시가 많이 나와야 한다.

4학년 어린이가 가진 자아의식의 특징은 3학년에서 이미 두드러진 비판적 자아가 자아의 정체성에 대한 자각으로 이어져 내면화되면서 성적 자아를 키우는 한편, 점차 사회적 자아로 변화해 가는 것으로 볼 수 있겠다.

사회적 자아·관념적 자아

-5·6학년의 시적 자아

중학년에 이르러 형성된 논리적 자아와 성적 자아가 고학년인 5·6학년에 들어와서는 어떻게 바뀔까. 그리고 이들 자아가 시의 원리인 동일성, 현재성, 집중성에는 어떻게 반영될까.

피아제에 따르면, 5학년에 이르면 이미 형식적 조작기에 들어서게 된다. 이전의 구체적 조작기 어린이는 어느 정도 논리성을 가진다 해도 그 사고가 몸소 겪은 사실에만 한정된다는 것을 확인했다. 이에 견줘 형식적 조작 사고란 경험하지 않은 사실도 형식논리에 따라 추론하고 개념화할 수 있는 사고를 말한다.

시를 읽어 보자.

간호사 앞에 서면

머쓱 머쓱 쑥스러워

엉덩이 까기를 못하고

머리를 긁적 긁적.

하지만

하얀 이 드러낸 변기 앞에 서면

후다닥 후다닥 쑥스러운 줄 모르고

엉덩이 홀떡 까 버리고

"푸드덕"

_5학년 어린이시, 「주사」

이 어린이의 시에서는 '성적 자아'의 모습이 그대로 비친다. 이 무렵 어린이는 여전히 자신의 성적 상징을 남에게 드러내는 것을 부끄러워하고, 특히 이성을 의식하여 마음에 없는 행동을 하거나, 때로는 거리낌 없이 이성에게 관심을 전달하기도 한다. 초등학교 4·5학년 교실에서 흔히 볼 수 있는 이성 또래 사이의 괜한 말다툼이나 숨김없는 짝지 선언은 이 시기 어린이의 자아 정체성을 보여 주는 현상이다. '타자에게 말 걸기'의 하나로 볼 수 있다. 이는 자연스레 '사회적 자아'로 전이가 이루어지는 것을 다음 시들에서 읽을 수 있다.

아빠는 공부 잘 했어요?

라고 물으면

어른들이 하는 똑같은 대답
"그럼 매일 일등했어"

에이 거짓말쟁이
그러나 우린 알아줘야한다.

어른들도 창피하고 말 못하는
슬픈 과거가 있다는 걸.

_5학년 어린이시, 「어른들의 과거」

친구들과 시내에 갔다
너무 많이 걸어서인지
다리가 아팠다.

시장 모퉁이를 도는데
장애인 두 명이
앞에 바구니를 놓고 구걸 하였다.

친구들이 얼른 가자고 해서
장애인들을 돕지 못하여

가슴이 아팠다.

나를 건강하게 나아서

길러 주신 부모님께 감사하다.

_5학년 어린이시, 「장애인」

　사회적 자아는 상대의 거울에 자아를 비춰 보거나 자아의 거울에 상대를 비춰 봄으로써 형성되는 자아다. 「어른들의 과거」처럼 역지사지하는 의식의 정체이다. 물론 자아의 거울에 비친 상대, 타자는 바로 타자의 행위다. 또한 타자의 거울에 비춰 보는 것도 '내 행동을 저 사람은 어떻게 생각할까'와 같이 자아의 행위이다. 이처럼 사회적 자아의 인지, 곧 사회인지는 인간과 인간의 행위에 관련한 인지를 뜻한다.

　「어른들의 과거」에서 타자의 행위는 "그럼, 매일 일등 했어."라는 '아빠'의 언어 행위다. 그리고 「장애인」에서 자아의 거울에 비친 타자는 '장애인의 구걸'이며, 거기에 대한 자아의 행위는 '돕지 못함'이다. 그래서 "가슴이 아팠고" "(나를 건강하게 낳아 준) 부모님께 감사하는 마음"을 가지는 것이 바로 이 어린이가 보여 주는 사회인지다. 이 사회적 자아의 사회인지는 사회적 행위로 이어지기 마련이다. 이들의 사회인지는 개인과 개인의 사회적 관계뿐만 아니라 국가와 민족과 같은 대사회에 대한 인식과 가치관으로까지 나아간다. 이 시기 어린이는 이전 어린이가 몸소 관찰하거나 실제 경험한 것에서만 조작 능력을 가졌던 것과는 달리 눈에 보이지 않는 대상에 대해서도 형식논리에 따라 조작이 가능한, 곧 형식적 사고 능력을 갖춘 형식적 조작기에 들어섰음을 다음 시들에서 읽을 수 있다.

실 있어도 바늘 없인
바느질을 하지 못한다.
왼손 있어도 오른손 없인
큰일을 이루지 못한다.

물고기 있어도 물 없인
물고기가 살지 못한다.

하물며 같은 뿌리 한 민족이
한쪽 없이 한쪽 마음으로
큰일을 이룰 수 있을까?

바늘 만난 실처럼
오른손 만난 왼손처럼
물 만난 고기처럼

같은 조상 밑에서

태어난 우리도

서로 만나서 큰일을 이루자.

_5학년 어린이시, 「같은 뿌리 한 민족」

세상엔 보이지 않는 것과

볼 수 없는 것이 있어요.

누구 한 사람 알아주지

않아도 들키지 않으려고

몰래 숨겨 놓았던 '사랑'이 있고

말하진 않지만

항상 나의 모든 것이

되어주는 '우정'이 있고,

그 '사랑'과 '우정'은

보이지 않지만, 볼 수 없지만

그 '사랑'이 커져

'우정'이 커져

행복이란 집속에서

살 수 있을 테니까요.

_5학년 어린이시, 「보이지 않지만……」

시에 드러난 사고만 보면, 두 어린이는 이미 청년기, 또는 어른의 시기에 접어들었다. 아동성을 지닌 아동기를 규정할 때, 4학년인 10세 연령까지를 셈한 것도 이런 까닭에서다. 보다시피 이들의 사고는 어른들의 사고와 그다지 다르지 않다. 다만, 형식적 조작의 사고 안에서 좀 덜 성숙했을 따름이다.

사회인지는 대체로 사회규범에 자아를 일치하는 방식으로 이루어진다. 이는 전조작기 어린이가 가지는 동화와 투사에 의한 대상과 자아의 일체화, 즉 동일성과는 뿌리부터 다르다. 자기중심적 자아의 동일성은 자기중심성과 직관적 사고에 따라 자아와 대상을 일치시키기 때문에 개성을 띠지만, 이 사회적 자아는 일반적인 사회규범과 가치에 따라 자아를 조절하는 것이어서 자칫 개성을 잃기 마련이다. 시의 눈으로 보면, 자아의 메시지가 있긴 해도 이는 누구나 말할 수 있는 메시지다. '규범적'이라는 얘기다. 그러니 공허한 울림만 있을 뿐이다. 그러면서 점점 관념성을 띠어 간다. 시성을 잃어버려 시가 메마르고 밋밋해진다.

6학년 어린이시는 어떨까.

자기의 몸을 아끼지 않고

주위를 밝게 해주는 촛불은

마치 부모님이 우리를 위해

열심히 일을 하는 것 같다.

다른사람을 위해 일하는

촛불은 나라를 지키는

군인 아저씨 이다.

다른 사람을 생각하는

촛불의 마음에

내 마음도 반짝반짝

빛이 난다

_6학년 어린이시, 「촛불」

누군가가 얽혀놓은

실타래처럼

어쩔수없이 떠다니는

구름처럼

내가 만질 수 없는

누군가에 의한

내 마음이라서

나는 내 마음을

변덕쟁이인

날씨처럼

알 수가 없다.

오늘은

나라는 존재를 알기가 싫다.

_6학년 어린이시, 「내 마음」

이처럼 6학년 어린이의 시는 시를 쓰는 사람이 '보이지 않는' '만질 수 없는' 실체를 추상하다 보니 읽는 사람 또한 그 형상을 볼 수가 없다.

눈에 보이지 않는 추상체를 눈에 보이는 구상체로 그려 내는 것을 시에서 '형상화'라고 한다. 시적 형상화란 언어를 가지고 하는 일이다. 이 어린이들이 이런 능력을 익혔을 리 없다. 그래서 대부분의 시가 형상이 없이 관념 상태로 떠 있는 것이다. 바로 '관념적 자아'다. 이 관념적 자아는 사회적 자아의 이면이나 다름없다.

「내 마음」에서처럼 '나라는 존재는 무엇인가'라는 자아 정체성에 대한 스스로의 물음은 대개 타자와의 관계, 즉 사회 속에서의 '나라는 존재는 무엇인가'라는 물음에 해당한다. 이 시기의 어린이들은 사회적 존재로서의 각성과 함께 타자로서의 자아, 즉 자기 정체성에 대한 고민에 빠져 있음을 알 수 있다. 이것이 관념으로 드러나는 것일 테다.

아동성을 지닌 어린이들은 동화든 투사든 구체적인 대상과 자아를 동일화하기 때문에 그 자체로서 형상성을 갖는다. 그리고 한 순간, 그 일체감에 몰입하거나 집중함으로써 시가 된다. 그러나 이 시기 어린이들은 대상, 때로는 자아조차도 멀찌감치 관조하기 일쑤다. 몰입이 아니라 자아와 대상을 떼어 놓고 이리저리 따진다. 이러니 시가 될 리 없다.

이 무렵 어린이시에서는 아동성의 시적 원리 즉, 동일성, 집중성, 현재성 따위를 논하는 것이 그다지 의미가 없어 보인다. 이런 까닭에 나는 이 시기를 '원초적 시성의 퇴조기', 또는 '시성의 암흑기'로 본다. 이제 지금까지와는 전혀 다른 방법에 따른 시 창작 지도가 요구되는 것이다. 초등학교의 시 쓰기 지도를 학년별로 단계화해야 하는 까닭이 바로 여기 있다.

어린이시는 어린이의 자아의식이 그대로 투영된 언어 형상체이다. 곧 자아의식의 형성 과정이라 할 수 있다. 어린이의 이 자아의식은 변화, 또는 발전하는 것이 분명하지만 시의 입장에서 보면, 시성이 퇴조하는 과정이다.

요컨대, 저학년 어린이시에서는 대상과 동일체로서의 자아의식이 매우 뚜렷하게 나타나지만, 중학년에 이르러서는 자아로부터 대상을 분리하여 관찰자의 입장에 서게 됨으로써 자아는 드러나지 않고 오히려 대상이 두드러진다. 또한 고학년에서는 대상과 동일화되지 못한 자아가 시에 그대로 드러남으로써 관념성을 띠게 되어 대상과 자아의 동일화를 추구하는 시의 구조가 깨지고 풀어지는 현상을 보인다.

개인적 상관체에서 사회적 상관체로

− 1·2학년의 관계 인식

자아, 대상, 언어 이 세 요소들이 서로 관여하거나 상호작용하며 한 편의 글을 구성해 간다. 모든 글은 언어를 매개로 한 자아와 대상의 상관물이라 할 수 있다. 그 가운데서도 시는 여느 갈래보다 자아와 대상의 상관성이 높다. 이런 탓에 이야기에서는 대개 1인칭 화자와 작가를 별개로 치지만, 시에서는 화자와 시인을 동일시하기 마련이다.

지금까지 어린이시에 나타난 어린이의 자아의식을 들여다보았다. 이제 또 다른 요소인 대상에 대해 살필 차례다. 자아와 대상은 서로 관계 속에서만 성립하는 개념이다.

시에서는 대상을 흔히 '세계'라 일컫는다. 세계에서 '세世'는 해, 시간을 의미하고 '계界'는 경계, 공간을 뜻한다. 따라서 세계란 시간과 공간을 모두 포함하는, 이를테면 사차원적인 개념이다. 시는 그 세계 안에 존재하는 무기체나 유기체, 또는 이들이 보여 주는 현상이나 무형의 관념 모두를 대상으로 한다. 이렇게 보면 시의 대상이 되지 않는 것이 없다. 세계와 자아가 관계하는 순간을 형상화하는 것이 바로 시다. 여기서 시의 원리이자 속성인 동일성, 현재성, 집중성이 발생한다는 것은 앞에서 짚은 바 있다.

　1학년 어린이들은 동화와 조절이라는 심리기제를 통해 쉽게 자아와 대상을 동일화한다는 사실을 확인했다. 이는 이 시기 어린이의 자아가 대상을 아예 동격체로 바라보거나, 적어도 심리적 거리가 아주 가깝다는 것을 의미한다.

　바다야 넌 왜 이렇게

　출렁거리니 좀

　얌전하게 있으렴.

_1학년 어린이시, 「바다」

　붕어야,

　이제 걸어 다녀도

　발 안 아플 거야

　어제 다연이가

병조각

다섯 개나 주어냈거든.

이처럼 1학년 어린이들의 자아와 대상의 심리적 거리는 매우 가깝다. 대상을 거의 동격체로 취급한다. 「바다」를 쓴 어린이는 바다를 의식이 있는 생명체로 인식하고 있고, 「붕어야」의 어린이도 붕어를 자신과 같이 걸어 다닐 수 있는 인격체로 여긴다. 특히 「붕어야」에서 흥미로운 점은 이 어린이는 붕어가 물속을 헤엄치거나 떠다니는 이유가 바닥에 병 조각이 있어서라고 생각한다는 것이다. 그리고 친구 다연이가 물속에서 병 조각 다섯 개를 주워 냈으니 이제 붕어가 걸어 다녀도 좋을 것이라고 말한다. 어른으로서는 흉내 내기 어려운, 어린이다운 생각이다. 이는 이 무렵 어린이의 아동성, 즉 자기중심성의 본질을 잘 보여 준다. 이 자기중심성은 앞에서 말한 대로 대상을 배타시하는 자기중심성이 아니라 대상과 융합하는 자기중심성이다. 어린이시의 동일성이 이래서 쉽사리 확보되는 것이다.

어린이시에서 자아와 대상이 동일체를 이룰 만큼 가까운 이 심리적 거리는 어린이시와 독자 사이에도 작용한다. 어린이시에 어른 독자들조차 쉽게 동화되는 것은 어린이시와 독자의 심리적 거리가 그만큼 가깝기 때문이다. 그러면 도대체 어린이의 자아는 대상을 어떻게 인식함으로써 동일화를 이루거나 대상과 심리적 거리를 좁히는가.

다음 시를 읽어 보자.

산은 삼각 김밥 같다.

삐쭉하니깐.

근데, 검정색이 아니라 초록색이다.

나는 태어나서

초록 삼각 김밥은 처음 본다.

근데 먹을 수 있을까?

_1학년 어린이시, 「산」

사실, 어른 시 창작자에게도 '산'이라는 세계는 시적으로 동일성을 갖기 어려운 대상이다. 곧 자아화하기 어려운 세계다. 그런데 이 어린이는 언젠가 자신이 먹어 본 적이 있는 삼각 김밥 하나로 간단히 산을 자아화하고 있다. 어린이들이 시를 쓰면서 언어에 대한 장애를 거의 느끼지 않는 것은 어린이의 의식 속에서는 이처럼 모든 것이 가능해서다. 1학년 어린이가 포함되는 '전조작기'라 함은 조작적 인지구조를 가지기 이전의 시기라는 의미인데, 이 시기 어린이는 사물의 속성을 눈에 보이는 지각적 속성에 의해서만 판단하는 직관적 사고를 한다.

이 어린이도 이러한 직관적 사고에 의해 삼각형이라는 눈에 보이는 산의 모양만 가지고 산의 속성을 파악하고 있다. 물론 '삼각형 산'은 외재하는 산의 실체가 아니라 이 어린이의 내적 표상에 해당한다. 삼각형 산이란 실제로는 좀체 보기 힘든 것이지만, 이 무렵 어린이들이 산을 대개 삼각형으로 그리는 것은 산이라는 대상이 내면 의식에 삼각형으로 표상되어 있기 때문이다. 이러한 사실은 이 시와 함께 그려진 다음 그림을 보면 쉽게 알 수 있다. 왼쪽 두 개의 삼각형은 녹색으로 채색되어 있고, 오른쪽 하나의 삼각형은 검게 칠해져 있다.(표지 그림 참조)

이 어린이는 산과 삼각 김밥의 삼각형이라는 모양 속성을 가지고

〈 그림 1 〉

둘을 동일화시켰다. 그러나 여기까지라면 대상 간의 동일화에 머무르고 말았을 테다. 이 시기 어린이의 동일화 속성이 여기에서 그칠리 없다. 그래서 '근데 먹을 수 있을까?'이다. 끝내 대상을 내면화하여 동일화를 이루었다. 이처럼 대상의 한 가지 속성을 내적으로 표상하여 자아와 동일화하고 있는 경우는 위 어린이시뿐만 아니라 이 무렵 어린이들의 시에서 흔히 볼 수 있다.

1학년 어린이의 시 한 편을 더 읽어 보자.

신문에서는 아침 냄새가 나요

어머니도 아침 냄새를 좋아하셔요.

아버지도 아침 냄새를 좋아 하실 거예요.

_1학년 어린이시, 「신문」

이 어린이는 신문(지)에서 나는 냄새를 아침 냄새로 느끼고 있는 점이 우선 흥미롭다. 아마도 매일 아침 대하는 신문지에서 나는 냄새를 아침 냄새로 여겨 이 둘을 동일화하고 있는 듯하다. 또한 이 어린이는 자아, 즉 '내'가 신문지에서 나는 아침 냄새를 좋아하니까 '어머니'도 아침 냄새를 좋아한다고 하고, '아버지'도 좋아할 거라고 한다. 1학년 어린이들의 자기중심성에 따른 이러한 동일화 속성은 거의 공통 현상이다. 그러나 이 시는 여느 1학년 어린이들이 주로 단일 대상에 대해 집중하는 것과는 달리 하나의 시 안에 복수의 대상을 끌어들여 구조화하는, 즉 '분산적 사고'의 조짐을 보이고 있다는 것을 주목할 필요가 있다.

1학년의 시의 대상이 대개 앞의 시들에서 보는 것처럼 바다, 붕어, 산, 신문지, 고양이, 강아지, 하늘, 잠자리, 아기……, 따위 개인의 지각 범위 안에 있는 구체물인 점은 전혀 이상한 일이 아니다. 물론 예시 작품에 들진 않았지만, 1학년 어린이들도 상당수는 엄마, 아빠, 친구, 가족 같은 사회관계에 놓인 대상을 시의 제재로 하고 있다. 그러나 이러한 엄마, 아빠, 친구, 가족도 사회적 관계의 대상으로보다는 주관적이고 개인적인 상관체로 보는 경우가 대부분이다.

그럼, 2학년 어린이의 시는 어떨까.

학교에 안 가니
이상하다.
학교를 안 다니는 것 같고
지각생인 것 같아서
이상하다.

_2학년 어린이시, 「학교에 안 가서」

이 시는 이 무렵 어린이들이 사회라는 존재, 그리고 사회적 존재로서의 자아를 각성하기 시작했다는 점을 보여 준다. 학교에 안 가니 지각한 것처럼 이상하고 불안하다. 이런 경험은 어른들도 누구나 한번쯤 가지고 있을 텐데 아련한 기억을 어린이 말고 누가 새삼스레 퍼 올려 줄 것인가.

다음 시들은 사회적 자아로서의 각성 현상을 좀 더 뚜렷이 보여 준다.

나는 동생이 없다 가끔 동생이 있으면 안 심심하겠다
동생이 생기면 잘 놀 수 있을 텐데
동생아 나에게도
생겨조라 형아가 재미께 해준데이 꼭 꼭 꼭

_2학년 어린이시, 「동생」

급식을 하고나서
친구를 찾고

계속 찾고 찾고
또또 찾았다

이 외톨이신세

혼자 노니까 재미가 없다

_2학년 어린이시, 「외톨이」

엄마는 언니가

잘못했는데

나만 혼내고

내가 언니였으면

좋겠다

_2학년 어린이시, 「엄마」

　「동생」을 쓴 어린이는 동생, 즉 사회적 관계의 대상인 타자가 없으면 심심하다는 것을 자각하기 시작했고, 「외톨이」의 어린이는 좀 더 적극적으로 친구를 찾으려는 사회적 행위를 하게 된다. 그리고 「엄마」는 사회적 존재로서 사회관계에서의 지위 역할에 대해 각성하고 있다는 것을 보여 준다. 그러나 2학년 어린이들이 대상에 가지는 심리적 거리는 1학년 어린이들이 '산'조차도 '먹을 수 있을까'로 인식할 정도의 그런 가까운 거리는 아니다. 또한 이 무렵엔 관계 인식을 지닌 사회적 자아로서의 자각의 조짐을 보이긴 하나 이는 아직도 자기중심적이고 초보적인 수준에 그치고 있다. 이래서 2학년 시기를 '융합형 자아'와 '분산형 자아'가 뒤섞인 과도기로 보는 것이다.

발달한 사회성, 결핍된 서정성
－3·4학년의 관계 인식

어린이의 자아의식을 살피면서 3·4학년, 곧 중학년 어린이의 자아는 3학년에 들면서 '비판적 자아'가 뚜렷해짐에 따라 대상을 멀찍이서 이리저리 견주고 따지며 바라본다는 사실을 확인했다. 이로 말미암아 시에서 자아와 대상의 분리 현상이 두드러져 시적 동일성이 눈에 띄게 와해되는 현상을 보았다. 또한 분산적 사고가 가능하여 시 속에 여러 대상을 등장시킴으로써 시의 집중성도 떨어진다는 것을 알았다. 4학년 어린이가 가진 자아의식의 두드러진 특징은 '성적 자아'가 형성되는 한편, '사회적 자아'가 더욱 뚜렷해진다는 것이었다.

이 무렵 어린이의 자아의식은 시에서 어떤 관계 인식으로 나타날까.

신발장 신발

가지런히 놓여있는 신발 보면

아빠 신발 크고, 내 신발 작다.

장롱 속 옷

가지런히 걸려 있는 옷 보면

아빠 옷 크고, 내 옷 작다.

모든 것 보면 내 것은 작고

아빠 것은 크고

아빠 것은 크고, 내 것은 작다.

_3학년 어린이시, 「큰 것 작은 것」

나는 아빠와 닮았다

눈과 입이 닮았다.

엄마는 하는 짓이

똑같다고 그러셨다.

아빠는 목욕할 때

책을 읽다가 젖게 했고

나는 물총으로 화장지를

쏘아 젖게 했다.

엄마가

아빠와 나를

똑같다고 불렀다.

_3학년 어린이시, 「닮았다는 말」

　위의 시를 쓴 두 어린이는 어느 정도 추론 능력과 서열 조작 능력을 갖춰 대상을 꽤 객관화하여 바라본다. 2학년 어린이시에는 전조작기와 구체적 조작기의 의식 특징이 뒤섞여 있지만, 3학년에 이르러서는 이처럼 대부분 구체적 조작기에 들어섰음을 엿볼 수 있다. 이 시기 특징 가운데 하나인 논리적 사고는 대상, 심지어 자아조차도 객관화하여 바라볼 수 있게 한다. 그래서 대상과 자아의 관계를 합리적으로 인식하게 된다.

　「큰 것 작은 것」을 쓴 어린이는 구체적 사실, 곧 "신발장에 들어 있는 신발", "장롱 속에 들어 있는 옷" 따위, 아빠의 모든 것이 자기 것보다 크다는 것을 인정하고 있다. 이는 '아빠'의 존재에 대한 인정이며, 아빠와 관계 속에서 갖는 자기 존재에 대한 인식이다. 「닮았다는 말」을 쓴 어린이는 초보 수준이나마 이미 가설연역적 사고로 '아빠와 나는 닮았다'라는 가설에 대해 자기 행위를 견주고 따져 돌아봄으로써 가설을 검증해 내고 있다. 이 '가설연역적 사고'는 형식적 조작기의 사고 능력에 해당하는데, 3학년 어린이시에서 이런 현상은 흔치 않은 특이한 사례다. 물론 이 어린이의 경우도 '아빠와 나는 닮은 관계'라는 관계 인식을 하고 있다. 그러나 자못 논리정연하고 합리적인 것으로 비치는 이 시기의 관계 인식이 이전처럼 거의 반응적이다시피 형성되는 것은 분명 아니다.

길을 가다가 돈을 주웠다
백원짜리 3개가 있었다
얼른 주워서 호주머니에 넣었다
6학년 형들이 돈을 찾고 있었다
나는 모르는 척 하고 축구를 했다
가슴이 쿵닥쿵닥
누가 날 부르는 것만 같았다
아깝긴 해도 돌려주고 나니
마음이 상쾌해졌다

_3학년 어린이시, 「길을 가다가 주운 삼백 원」

엄마는 내 마음 몰라
내가 큰 잘못도 안했는데
혼내시고
공부도 하고 노는데
놀기만 한다고

혼내시잖아요

엄마는 제가 어떤 생각을

하는지 모르시잖아요.

그러니깐 너무

혼내지 마세요

_4학년 어린이시, 「생각」

  관계 측면에서 보면, 논리적 사고란 자아와 타자에 대한 엄정한 비판과 함께 논리적 타당함에 대해서는 기꺼이 수긍하고 수용하는 의식을 말한다. 타당한 것은 타당한 대로 인정하고, 또 그렇지 못한 것은 자신조차도 비판하며 합리적인 기준을 마련해 가는 것이다. 이렇게 하여 자아와 타자의 관계를 합리적으로 조절해 가는 것이 바로 사회성 발달 과정이다. 「길을 가다가 주운 삼백 원」은 이 무렵 어린이들이 사회, 혹은 타자의 합리적인 가치와 기준에 대해서는 자기반성과 교정을 통해서라도 기꺼이 수용을, 「생각」은 그러면서도 불합리에 대해서는 비판과 반발 의식을 숨기지 않는 예를 잘 보여 준다.

하루도 빠짐없이

파는 아저씨

불쌍한 아저씨

오징어는 비싸지만

오징어는 비싸지만

아저씨가 너무

불쌍하다.

_4학년 어린이시, 「오징어 파는 아저씨」

난 오늘 삼천포에 갔다.

나는 그날따라 기분이 좋았다.

우리가족은 문어를 사러 갔다.

우리가족은 둘러보다

문어 파는 할머니를 보았다.

"문어사이소.

큰 것 하나에 10000 해 줄께예"

나는 그 할머니의

거칠한 손 보고

안타까웠다.

우리가족이 사주자

작은 거 한 마리 더

넣어주었다.

_4학년 어린이시, 「문어 파는 할머니」

3학년 어린이들이 사회적 관계 인식에 눈떴다 하더라도 주로 가족, 또래 범주 안의 대상이었던 데 견줘 4학년 어린이의 사회적 관계의 대상은 좀 더 확대되고 다양해졌다. 3학년 어린이들의 사회적 관계 대상이 주로 엄마, 아빠, 동생, 할머니……, 따위였던 것이 '일하시는 아저씨', '돈 숨긴 손', '신호등', '교생선생님과 선생님' 그리고 '문어 파는 할머니'처럼 이제 같은 할머니라도 개인 관계의 할머니가 아니라 사회적 역할과 지위를 가진, 혹은 사회적 기능과 행위를 하는 대상으로 시선을 옮겼다는 얘기다. 이는 이 무렵 어린이들의 세계 인식의 폭이 그만큼 확대되었다는 것이고, 다양한 시선에서 대상을 이해하는 분산적 사고가 발달했음을 의미한다. 다음과 같은 시는 이들의 사회적 관심이 공동체 생활로까지 증폭되어 그 속에서 역할 지위를 확보하려는 노력마저 엿보게 한다.

아파트 청소를 하면
아파트 가득
아줌마 목소리로 가득 찬다.
"야, 물 떠 와!"
"걸레 가져와!"
청소 시간만 되면
아파트는 시장이 된다.

청소 아줌마 이마에는

땀이 줄줄

아파트에 있는 때들이

싹싹 벗겨졌는데

지나가는 사람들은

"깨끗하구만."

한 마디뿐이다.

_4학년 어린이시, 「아파트 청소」

시에서 동일성은 동화와 투사를 원리로 하여 자아와 대상을 일체화함으로써 확보된다. 그러나 중학년 무렵 어린이는 '비판적 자아' 또는 '논리적 자아'가 형성되어 대상을 객관화하고, 논리적으로 파악하는 탓에 대상과 심리적 거리는 그만큼 멀어진다. 또한 대상에 대한 시선이 여러 각도로 분산되어 시의 집중성도 떨어진다. 이는 시의 서정성 확보에 큰 장애가 된다. 시의 본질을 손상할 정도의 심각한 장애다. 서정성이야말로 시의 본질 중의 본질에 해당하기 때문이다. 요즘에는 시와 서정시를 따로 구분하지 않고 거의 같은 의미로 쓰고 있는 것도 이런 까닭에서다.

서정성은 바로 자아와 세계의 동일성을 말한다. 겉모양만 보면 저학년의 시가 줄글 형태로 훨씬 산문적이지만 시적 감흥은 더 강렬

한 이유도 바로 저학년의 시가 동일성과 집중성의 시적 원리를 더 충족해서다. 그렇다면, 오히려 의식 자체가 시적인 저학년에서는 시 쓰기 교육에, 중학년부터는 산문 쓰기 교육에 중점을 두는 것이 마땅하리라는 문학교육 방법론에 대한 뚜렷한 시사를 받게 된다. 중학년에 들어와 가능하게 된 분산적 사고와 논리적 사고, 사회적 관계 인식 따위는 아무래도 산문적 사고 유형에 더 가까운 탓이다. 그런데 지금 우리는 어떤가?

자아와 대상의 맞섬, 무너지는 시
－5·6학년의 관계 인식

5학년이나 6학년에 해당하는 고학년은 '사회적 자아'가 더욱 뚜렷해지는 때다. 또한 이 무렵 어린이들의 의식은 직접 겪었던 일이나 형체를 볼 수 있는 대상에 대해서만 조작이 가능했던 이전의 어린이들과는 달리 눈에 보이지 않는 대상을 두고서도 형식적 조작이 가능하게 된다.

이 시기 어린이의 자아의식은 어린이시에서 어떤 관계 인식으로 나타날까.

학교를 마치면 어김없이
학원차를 타고 도착하는 학원
오늘은 영어, 수학, 과학
다음 주 쪽지시험 이야기

매일 공부 얘기뿐이다

친구들과 함께 있어 좋을 때도 있지만

웬만하면 안 갔으면 한다.

_5학년 어린이시, 「학원」

착한 마음, 나쁜 마음

좋은 마음, 좋지 않은 마음

내 마음은 어떨까?

착할까? 나쁠까?

착해져야지.

좋아져야지.

나빠지지 말아야지.

약해지지 말아야지

그렇게 말해도 어느새 빗나가는 내 마음

아무리 맘먹어도 빗나가는 내 마음

이제부턴, 이제부턴

절대 흔들리지 말아야지.

_5학년 어린이시, 「마음」

초등학교 고학년 시를 읽다 보면 무엇보다 이 무렵 어린이들이 무언가로부터 심하게 억압받고 있는 것으로 비춰져 안타깝고 안쓰럽다. 위에 적은 시에서도 보다시피 '학원', '시험', '숙제', '돈', '고민', '마음' 따위, 아이들에겐 자못 무거우면서도 절박한 현실 소재들이 눈에 많이 띈다. 이런 점에서 어린이의 의식 발달이 개별적이고 자발적인 것이라고 본 피아제보다 사회적 변인에 더 크게 영향을 받는다고 한 비고츠키의 견해가 더 솔깃해진다. 어린이에게 학원, 숙제, 시험 따위는 바깥에서부터 안으로 작용하는 억압 기제들이다. 이 외부 억압 기제가 내부 의식에 영향을 주게 되리라는 것은 뻔하다. 「학원」과 「마음」은 여러 외부 기제에 맞서 내부 의식이 반발하기도 하고, 때로는 치열한 자기 조절에 따라 끝내 외부 기제에 자아를 순치하기도 하는 과정을 보여 준다. 그러나 이러한 외부 기제가 견딜 만한 것이면 이미 형성되기 시작한 사회적 자아가 건강하고 바람직하게 발달하겠지만, 부당하거나 정도가 지나치면 어린이의 사회적 자아가 상처를 입고 오히려 반사회적 자아로 뒤틀릴 수 있다는 점에 유의해야겠다.

시의 자리에 서서 보면, 이 무렵 어린이시가 못내 불안하고 불만스럽게 읽히는 것은 어쩌면 당연하다. 자아와 대상이 팽팽하게 맞서 있고, 따라서 둘 사이의 심리적 거리가 가까울 수 없는 탓이다. 이러니 시가 될 리 없다. 시란 세계와 융화를 추구하는 문학이다. 이것이 시 정신의 핵심이다. 시가 동일성, 집중성, 현재성의 속성과 원리를 가진다 해도 그 구조를 분석해 보면, 이 안에서도 기·승·전·결의 시상 전개 방식을 갖고 있다. 기와 승의 단계에서는 주로 대상과 불화와 갈등 국면이 조성되고 고조되는 것이지만, 이는 마침내 화해와 더욱 단단한 융화에 이르는 과정, 곧 동일화의 시적 장치나 다름없다. 시인은 화해하지 못하고 사랑하지 못할 대상은 아예 시의 대상으로 삼지 않는 법이다. 설령 그런 것이 시가 된다 할지라도 이를 읽는 일은 불편하고 고통스럽다. 왜냐하면 '세계와의 융화'를 바탕에 깐 시 정신을 느낄 수 없는 탓이다. 그래서 시인을 두고 '다름 아닌 세계, 혹은 세상을 사랑하는 사람'이라고도 하지 않는가. 김준오도 "시는 극과 서사와 달리 자아와 세계 사이의 거리를 두지 않는다." 며 역설적이게도 '거리의 서정적 결핍lyric lack of distance'이 시의 본질이라고 했다.

나는 아무도 모른다
언제 어디서
사고가 날지 모른다
그네에 박아 머리 다치고
계단에서 굴러서 팔 다치고
트럭이 발 위에 올라가 발 다치고
인라인 타다가 오토바이와 부딪혀 다치고

인라인 타다가 택시랑 박아서 다치고

나는 언제 어디서 다칠 줄 모른다

_6학년 어린이시, 「아무도 모른다 내 인생」

나는 개장수를 하기 싫은데

아버지께서는

술을 마시고

내가 싫어하는

개장수를 하라하신다

개장수가 되면

개를 팔아야 하는데

싫다고 말했다

_6학년 어린이시, 「개장수」

　「아무도 모른다 내 인생」은 어른이 보기엔 그야말로 기우에 지나지 않는 것일 수도 있지만, 어린이에서 어른으로 나아가는 과정, 즉 자아가 세계와 만나며 경험을 쌓고 넓혀 가는 길이 마냥 경이롭고 순탄한 일이 아니라 때로는 불안하고 두려움의 연속이라는 사실을 보여 준다. 이런 복잡다단한 과정을 통해, 그럼에도 성큼성큼 성장 발달하는 존재가 바로 어린이의 실체다. 「개장수」와 같은 시를 만약 저학년이나 중학년에서 만났더라면 무척 반가웠을 테지만, 이미 형식적 조작기에 들어선 6학년 어린이시에서 만나는 일은 씁쓸하고 걱정스럽다. 이래서 어린이시를 읽고 지도하는 일이 '어린이' 그 자체를 모르고서는 여간 어려운 일이 아닌 것이다. 어린이시를 시와 교육 두 쪽에서 다 살펴야 하기 때문에 더욱 그렇다. 어디선가 이오덕의 어린이시관에 대한 한계와 어떤 형태로든 그의 영향을 받은 어린이시가 저학년, 고학년 가릴 것 없이 천편일률이다시피 한 점을 지적한 것도 바로 이런 까닭에서다.

요컨대 초등학교 고학년의 시는 자신을 억압하는 사회의 외부 기제들, 그리고 거기에 맞서는 내부 의식을 주로 대상으로 하고 있으며 그 대상에 맞서 '갈등', '대립' 그리고 '적대시'의 양상으로 반응하는 관계 인식을 드러낸다는 것이다. 이들의 시가 관념에 빠지고 자아와 대상의 동일성이 깨어져 시가 되지 못하는 것은 어쩌면 매우 자연스러운 현상이다.

4부

어린이시의 언어

혼잣말, 자아가 자아에게 말 걸기
– 1학년의 언어 심리

들머리에서 어린이시를 '어린이 스스로 아동성에 따라 쓴 시'로 정의했다. 이쯤에서 어린이시를 '어린이의 자아의식과 대상과의 관계 인식이 어린이의 언어로 표현된 시'라고 새로 뜻매김하더라도 고개를 갸웃거리지는 않을 듯싶다. 전혀 다른 시각으로 정의를 달리한 것이 아니라 지금까지 논의해 온 주요 개념을 사용하여 어린이시의 정의를 좀 더 구체화한 것이기 때문이다. 어린이의 자아의식이든 관계 인식이든 언어든 어린이의 고유성인 아동성에서 비롯된 것임을 새삼 말할 필요는 없겠다.

어린이시 쓰기에 관여하는 요소는 자아와 세계, 언어다. 이제 이세 요소 가운데 마지막으로 어린이시의 언어를 살피려 한다. 그러나 여기서 주된 관심은 어린이시에 드러난 언어의 겉모습이나 현상보다는 어린이 언어의 내적 심리, 곧 어린이의 언어 심리를 들여다보는

데 있다. 어린이 언어 또한 어린이의 의식, 또는 사고의 반영체로 보는 탓이다.

비고츠키는 어린이의 언어를 사적 언어와 공적 언어로 구분한다. 사적 언어는 '혼잣말'처럼 다른 사람이 아닌 자기 자신에게 하는 말이다. 한편, 공적 언어는 의사전달을 목적으로 타인에게 하는 말이다.

피아제는 혼잣말을 '자기중심적 언어'라고 표현했는데, 구체적 조작기에 들면 점차 '사회적 언어'로 대체된다고 했다. 비슷한 말이긴 하지만, 두 사람은 혼잣말 또는 자기중심적 언어에서 뚜렷한 차이를 보인다.

피아제는 자기중심적 언어를 전조작적 수준을 반영하는 것으로, 이는 언어의 사회적 기능과는 상관없이 전조작기가 끝나면 자연스레 없어지고 사회적 언어로 대체된다고 했다. 반면 비고츠키는 혼잣말이 자기조절 요소와 함께 정보의 요소를 가지고 있으며, 순전히 자기중심적인 것이 아니라 사회적 기능도 갖고 있는 것으로 보았다. 그리고 이 혼잣말은 나이가 들수록 사라지는 것이 아니라 "좀 더 들을 수 없게 되고, 점차 정신 속으로 들어가서 언어적 사고가 된다."고 했다. 나중에 피아제는 비고츠키의 이런 견해를 받아들이는 것으로 자신의 생각을 수정했다.

어린이의 사고와 언어에 관련한 여러 이론과 지금까지 스스로 세워 온 어린이시론을 접목하여 '시는 자아와 대상과의 관계의 문학'

이란 측면에서 '사적 언어', 또는 '자기중심적 언어'를 '자아가 자아에게 말 걸기'로, '공적 언어' 또는 '사회적 언어'를 '자아가 타자에게 말 걸기'라는 용어로 바꿔 쓰려 한다. 이 점은 앞에서도 잠깐 암시한 바 있다.

비고츠키는 언어는 네 가지 발달 단계, 즉 원시적 단계, 외적 단계, 자기중심적 말의 단계, 이후 내적 말의 단계를 거친다고 했다. 피아제는 이 가운데 자기중심적 말은 전조작기 말까지 지속되다가 구체적 조작기가 시작될 무렵 없어진다고 보았다. 나이로 치면 2세부터 7세 정도까지다.

자기중심적 말을 쓰는 단계의 마지막에 해당하는 초등학교 1학년의 시를 읽어 보자. 학교에 들어와 문자를 갓 배우는 때여서 맞춤법이나 띄어쓰기가 영 서툴고 틀리기 일쑤다. 그러나 이런 문자 표현의 수준도 하나의 언어현상이니만큼, 고치지 않고 그대로 살려 쓰겠다. 그렇더라도 이 시기 어린이의 내면 의식이나 심리를 읽어 내는 데는 별 어려움이 없을 테다.

> 나는공주다나는공주가 될고십다고왜양며
> 예쁘니까그레서공주가 될고십지그레서그레
> 꾸나그레서
>
> _1학년 어린이시, 「공주」

화가가되서 그림만히 그릴레요

그림으로 에자도 만들레요

에자로 집에 거를 거야

잘해지 안녕

_ 1학년 어린이시, 「그림 그리기」

위의 시에서처럼 1학년 어린이에게서 혼잣말을 발견하는 것은 흔한 일이다. 「공주」를 쓴 어린이는 "나는 공주다."라고 먼저 자신과 공주를 동일화해 놓고서 "왜냐?" "예쁘니까."라며 스스로 묻고 대답한다. 그러곤 동일체의 결과에 대해 "그래서 그랬구나. 그래서." 이렇게 맞장구까지 쳐댄다. 「그림 그리기」도 "화가가 되어서 그림 많이 그릴래요." "그림으로 액자를 만들래요." "그 액자들을 집에 걸 거야." "잘했지?" "안녕." 이렇게 혼잣말을 하고 있다. 물론 여기서도 '안녕'이란 인사말의 대상은 자아다. 바로 '자아가 자아에게 말 걸기'이다. 다음 시들은 이 '자아가 자아에게 말 걸기'의 언어 심리, 혹은 그 의식 내면의 형성 과정을 짐작케 한다.

① 나는 오늘 일요일이라 수영장좀

구경하려 갈까 그래 가 봅시다

출발! (수영장에도착)

아저씨?

안추으세요?

안추워요? 자내도 들어오게

따뜻한물이 여서 안춤내

저는 안들어갈래요

아저씨 저는 갈께요?

그래잘가라

신나서요 아저씨

안녕히게세요

② 여려분도 안녕!

_1학년 어린이시, 「가을 수영장」

형은왜? 학교에 다녀!…

나는왜? 학원에 다니고.

그것은 1학년 때 부터는

학교에 다니고

7살 까지는 학원에 다녀

형 이제 알겠어.

_1학년 어린이시, 「형새, 동생새」

먼저 「가을 수영장」을 보면, 혼잣말을 쓰고 있는 것이 분명해 보이는데, 도대체 '아저씨'의 정체가 무엇이냐는 것이다. 훔볼트는 『카비어 서문』에 실린 「사고의 언어와의 관계에 대하여」에서 사고와 단어가 동시에 생성되고, 형성되며 탄생한다는 것을 이렇게 말하고 있다.

> 주관적인 행위는 사고 속에서 하나의 객체를 형성한다. 왜냐하면 관념의 그 어떤 범주도 이미 존재하는 어떤 대상을 단순히 수용하여 주시하는 것으로는 간주될 수 없기 때문이다.

훔볼트의 말을 적용하면 「가을 수영장」에서 아저씨는 자아 속의 또 다른 자아, 곧 '주관적 의식 속의 객체'에 해당하는 셈이다. 어린이들의 혼잣말이 '자아가 자아에게 말 걸기'라 할지라도 이 자아는 또 다른 자아를 객체로 설정해 놓고 말을 건다는 것이다. 그 객체화된 자아의 형체는 '나'일 수도 있고, '아저씨'일 수도 있다.

대화주의의 관점에서 분석해 보면 이 개념은 좀 더 명료해진다. 그러면 「가을 수영장」의 ①은 내적 대화이고 ②는 외적 대화인가. 즉, ①은 자아가 자아에게 하는 말이고 ②는 자아가 외부의 어떤 대상을 향해 하는 말인가? 아니다. ② 역시 자아가 자아에게 하는 내적 대화일 뿐이다. '나', '아저씨'처럼 '여러분' 또한 객체화된 자아

의 한 형체다. 1학년 어린이들의 시에서 유독 눈에 띄는 '안녕'이라
는 인사말의 정체가 바로 이것이다.

「형새, 동생새」는 좀 더 흥미로운 모습을 띤다. 이 시에서는 자아
의 또 다른 자아, 즉 객체화된 자아를 복수로 설정해 놓고 있다는
점이다. 바로 '형새'와 '동생새'다. 여기서 자아는 아예 형체를 숨기거
나 관찰자의 입장에서 두 객체화된 자아가 서로 대화하게 함으로써
마침내 동일성, 또는 균형화를 꾀하는 것이다. 그렇다고 1학년 어린
이시가 모두 '자아가 자아에게 말 걸기'에 해당하는 것은 아니다. 다
음과 같은 시는 '자아가 타자(대상)에게 말 걸기'를 시도하고 있음을
보여 준다.

왜나만보면도망가니

이제 도망가지마라

안때린다

사이좋게지내자

_1학년 어린이시, 「친구」

우리집 마당에

고양이가 "양옹양옹"

우는 소리가 시끄러워

잠도 못자네

고양아!

쬐려보는 사람이랑 놀지마

알겠지?

_1학년 어린이시, 「고양이」

「친구」에서 화자의 발화 대상은 자아가 아니라 타자, 곧 시의 대상인 친구다. 발화 내용을 보아 이 '친구'가 구체적인 대상으로서의 친구라는 것은 쉽게 짐작할 수 있다. '자아가 타자에게 말 걸기'인 셈이다. 그래서 대상인 친구에게 "안 때릴 테니 같이 놀자."고 한다. 이로써 언뜻 자아와 대상의 동일성이 확보된 듯이 보인다. 그러나 이 동일성은 왠지 느슨하고 허전하다. 왜 그럴까?

「고양이」에서도 어린이는 '고양이'라는 시의 대상에게 말을 걸고 있다. 다만, "째려보는 사람이랑 놀지 마."라는 발화의 의미는 다분히 자기중심적이다. 이 어린이는 같이 놀아서는 안 되는 대상, 이를테면 최악의 대상이 아마도 자기를 째려보는 사람인 모양이다. 그래서 대상에 자아의 감정을 투사하여 "째려보는 사람이랑 놀지 마."라는 발화를 하게 된 것이고, 마침내 '울어 대서 잠도 못 자게 하는 고양이'라는 대상조차 끌어안음으로써 시의 동일성을 확보했다. 이 느닷없기조차 한 대상에 대한 투사가 아니었으면 이 시는 동일성은 말할 것도 없고 현재성이나 집중성도 풀어지고 흩어져 이렇게 밋밋하게 마무리되었을 테다. '앞으로 (나는) 나를 째려보는 사람과는 놀지 않겠다.'

　이쯤에서 두 가지 문제가 좀 더 분명해진다. 첫째, '동일성'과 또 다른 시의 원리인 '현재성', '집중성'과의 관계다. 지금까지 넌지시 암시하고, 때로는 분명하게 확인해 온 바이지만, 동일성은 그 자체가 시의 원리인 동시에 현재성과 집중성을 견인해 내는 원리이기도 하다는 것이다. 시의 동일성이 확보되면 시의 현재성과 집중성은 자연스레 갖춰지게 된다는 얘기다. 1학년 어린이의 시가 대체로 이 세 가지를 한꺼번에 갖춰 매우 시적으로 읽히는 까닭이 여기에 있다. 동일성이야말로 아동성의 중심 속성이기 때문이다. 물론 그 바탕 심리는 자기중심성이다.

　또 하나, 언어의 측면에서 보면 시의 동일성은 일방적인 '자아가 자아에게 말 걸기'나 '자아가 타자에게 말 걸기'만으로는 쉽사리 확보되지 않는다는 점이다. 이 두 가지 언어, 또는 대화 방식이 하나의 시 속에서 상호작용하며 때로는 대치하기도 하고, 보완되기도 하고, 마침내 융화되기도 하면서 동일성의 시너지 효과는 더욱 커지는 것이다. 단순하고 일방적인 동화나 투사는 자아와 대상 사이의 긴장감 넘치는, 그러면서 더욱 굳건해지는 시적 동일성을 보장해 주지 않는다. 이것이 시 창작 방법의 또 하나의 원리가 될 수 있을 테다. 어린이시 쓰기 지도가 지금처럼 아예 무시되거나, 그냥 '써 봐라'는 식이 되지 않기 위해서다. 그리고 어린이시가 단순히 어린이의 심리를 들여다보는 교육 자료로서뿐만 아니라, 문학으로 지도할 수 있는 가능성에 대한 시사이기도 하다.

여기서 1학년 어린이시의 또 다른 언어 특징 하나를 언급하자면, 바로 1학년 어린이의 시에서는 종종 다음 〈그림 2〉처럼 문자와 그림을 병행한다는 것이다. 물론 이는 이 시기 아동들에게 공통으로 보이는 현상이 아니라 일부 학생들에게만 보이는 현상이다. '일부 학생'이란 아직 문자보다는 그림이 익숙한 단계를 벗어나지 못한 어린이를 말한다.

어린이들은 대개가 학령 전에는 그림 그리기를 좋아하지만, 이런 기호와 흥미는 학령기에 접어들면서 점점 떨어지기 시작하는데, 1학년 어린이 가운데는 여전히 그리기에 흥미를 유지하고 있는 어린이들이 있다. 바로 다음처럼 그림과 시를 함께 그린 어린이의 경우다.

사자를 그림고 싶습니다

_1학년 어린이시, 「사자」

시와 함께 그려진 이 그림은 시의 보조 도구, 또는 장식물이 아니다. 이 시 안에서는 그림도 하나의 내적 표상을 표현하는 요긴한 도

〈 그림 2 〉

구다. 오히려 이 어린이의 시에서는 사자에 대한 내적 표상을 문자보다는 그림으로 그리고 싶은 욕구가 드러난다. 그걸 직접 글로 표현하기도 했다. "사자를 그림고(사자를 그리고) 싶습니다."라고 말이다. 유의해서 보면, 이 어린이의 사자는 매우 흥미롭다. 몸통도 없고 다리도 없다. 오직 거죽만 있을 따름이다. 정확히 말하면 탈만 있다. 아마도 이 어린이는 실제 공연으로든, 그림으로든 탈춤 추는 사자(인간)를 최초로 경험했고, 그 탈의 표정이 강렬하게 기억에 인상된 듯하다. 그 인상이 바로 이 어린이의 사자에 대한 내적 표상이 되었으리라. 그래서 이 어린이는 정작 그 표정을 그리고 싶었을 것이고, 아직 익숙하지 못한 문자기호보다는 여태껏 해 왔듯이 익숙하고 쉬운 그림기호를 선택했을 테다. 바로 이것이 이 시기 어린이들의 시에 함께 그려진 그림의 의미다. 이런 시에서는 오히려 문자가 더 부차적이기 일쑤다. 덧붙여, 이 어린이는 '그리고'를 '그림고'로 표현하고 있어서 아직 명사와 동사를 개념적으로 구별하지 못하고 있는 것으로 보인다. 이 어린이의 '그리기'에 대한 언어의 내적 표상은 아직 '그림'뿐이기 때문에 나타나는 현상이다. 단순한 오자로 볼 일이 아니다.

언어 발달 면에서 또 눈길을 끄는 다음과 같은 시가 있다.

> 단풍은 무슨뜨시까 엄마가 빨강 에쁜물이
> 들어따고 해따그러면 든풍이 아니가 외 단풍이지
>
> _1학년 어린이시, 「단풍」

이 어린이는 특이하게도 자아나 대상이 아니라 언어 자체에 대한 시를 쓰고 있다. 이른바 '메타언어'로 쓴 메타시인 셈이다. '단풍'이라는 실물 대상이 아닌, '단풍'이라는 언어를 시의 대상으로 삼고 있어서다. 이렇듯 어린이들은 모국어 습득 과정에서 메타언어를 널리 구사하고 있다는 사실에 유의할 필요가 있다.

사회적 언어, 자아가 타자에게 말 걸기
－2학년의 언어 심리

자기중심적 말의 단계에 해당하는 1학년 시의 가장 두드러진 언어 특징은 혼잣말을 쓴다는 것이었다. 혼잣말은 '자아가 자아에게 말 걸기'이다. 그러나 유의해서 보면, 이 혼잣말 속에서 자아는 또 다른 자아, 곧 '주관적 의식 속의 객체'를 설정하는 경우가 많다는 것을 확인했다. 이는 '자아가 자아에게 말 걸기'에서 '자아가 타자에게 말 걸기'로 넘어가는 과정이다.

2학년 시의 가장 큰 언어 특징은 혼잣말이 현저히 줄고, 타자에게 말 걸기가 본격화된다는 것이다. 물론 타자와의 대화 목적은 의식의 내면화이다. 비고츠키의 네 가지 말의 단계 가운데 내적 말의 단계로 진입한 것으로 보인다. 그리고 의사소통을 목적으로 하는 공적인 말, 즉 사회적 언어가 다시 사용된다는 점이다.

눈이내릴때사람들은

바닥에미끄러질까?

눈에얼으는약이있을까

나도그약을먹으면

내몸도얼겠지?난눈만

보면 신기해하느님이

얼으는약을뿌려

주실까?그럼우리집도

얼겠지?그럼우리집이

냉장고가되겠네신기한

눈일까?하느님은

대단하나도죽을때

사람들에게얼으는

약을줄 거야

_2학년 어린이시, 「겨울눈」

미니카야 넌왜 이러케 빠르니 넌 마법사니 요술쟁이니 궁금하
다. 내가 미니카 였다면
　너처럼 빠를까 미니카야 도둑이 오면 발통으로 때려 알았지 나
는 건전지를 줄께
_2학년 어린이시, 「미니카」

「겨울눈」을 쓴 어린이는 아직도 자기중심적 언어, 곧 혼잣말을 쓰고 있다. 「미니카」의 어린이는 혼잣말은 아니지만 단순히 타자에게 말 걸기로 일관하고 있다. 이 두 어린이에게는 '내적 말의 단계'의 특징인 내적 조작과 외적 조작이 상호작용하며 내면화하는 뚜렷한 징후를 발견할 수가 없다. 피아제의 인지 발달 단계와 비고츠키의 언어 발달 단계에 따르면, 이 8세 연령의 어린이들은 이미 구체적 조작기에, 그리고 내적 말의 단계에 진입했어야 한다. 그런데 2학년 어린이들의 시에서는 상당수가 이런 자기중심적 사고에 머물러 있다. 왜 그럴까.

지금까지 어린이시를 분석해 오면서 피아제의 인지 발달의 단계 구분에 있어서 전조작기의 끝, 즉 구체적 조작기의 시작을 7세(우리 나이로 치면 1학년에 해당)로 획정한 데 대해 그 경계 지점이 8세, 즉 2학년 연령에 있다는 것을 새롭게 알았다. 이 차이의 원인은 한마디로 '구어체와 문어체 발달의 차이'에 있다. 어린이들은 구어체보다 문어체의 습득이 훨씬 어렵고, 발달이 더디다. 가우프의 다음 말을 들어 보자.

주지하는 바와 같이 학교 학생들에 의한 사고력과 감정의 문학적 표현은 그것들을 말로써 표현하는 능력보다도 현저하게 뒤떨어져 있다. 이 사실에서 설명을 하는 것은 쉽지 않다. 아주 활발한 사내아이와 계집아이가 서로 이해와 관심이 가까운 사물에 대해서 이야기한다면 통상 그들로부터 생생한 서술과 기지가 있는 대답을 들을 수가 있다. 그들과의 이야기는 정말로 만족스러운 것이 된다.

아동들에게 지금 막 화제가 된 대상에 대해 완전히 자유롭게 작문을 하도록 부탁한다면 우리들은 단지 아주 빈약한 문장을 얻게 된다. 집에 계시는 아버지에게 보낸 학교 학생의 편지가 얼마나 천편일률적이고 세련되지 않은 것인가를 알게 되고 또 아버지가 집에 돌아왔을 때 그 학생이 아버지와 대화할 때 쓰는 말이 어느 정도 생생하고 풍부한가를 알게 된다. 아동이 손에 펜을 들게 된 순간 마치 쓰는 일이 그의 생각을 위협해서 방해라도 하듯이 생각이 흘러나오는 것을 멈추게 하고 있는 것같이 생각된다.

이처럼 어린이들에게 구어체와 문어체의 습득 시기와 용이성에서 차이가 나는 것은 분명한 사실이다. 그럼에도 피아제와 비고츠키는 주로 아동 의식 발달을 어린이들의 행동과 그들의 구어체를 통해 관찰했고, 나는 어린이들의 문어체, 즉 시를 통해서 살폈다. 무엇보다 피아제와 비고츠키는 어린이들의 특성을 시의 특성과 관련하여 연구하지 않았다. 또한 같은 문학작품이라 하더라도 산문과 운문은 그 속성이 어떤 면에서는 서로 맞설 만큼 다르다. 그래서 그들의 연구 결과가 내 연구에서 아동성을 파악하는 주요 개념과 준거로서 매우 요긴하긴 했어도 세부에서 차이가 나는 것은 자연스러운 일일 테다.

아프냐?
아프지?
목을 돌리고 징그린 친구보고
따갑나?
따갑지?
쑥 내민 내 팔도 떠리네.

_2학년 어린이시, 「예방주사」

나는 요즘 일기를 안쓴다
수영장 갔다오면 피곤하다
학교에서 검사를 해
손바닥 두 대 맞았다
나가 벌도 섰다
일기를 왜 쓰는가
쓸일이 없으면 안쓰면 좋겠다
일기 땜에 맞다니

오늘은 참 자존심 상한다

_2학년 어린이시, 「왜」

「예방주사」는 같은 학년의 시 가운데 단연 두드러지는 작품이다. 물론 시로 보아 그렇다는 말이다. 이 시에는 시의 여러 원리, 즉 동일성, 현재성, 집중성이 거의 완벽하게 작동하고 있다. 대상과 자아의 일체감 형성에서 그렇고, 예방주사 맞는 바로 그 시점의 선택, 그래서 현재형 시제의 실감 나는 진술에서 그렇고, 시선을 주삿바늘 하나에 집중시켜 팽팽한 긴장감을 표현한 데서 그렇다. 여기서 시의 이해를 돕기 위해 불가피하게 시를 해석하자면, 2행 '아프지?'와 5행 '따갑지?'의 물음표(?)는 마침표(.)의 오류로 보인다는 것이다. 그 발화의 주체가 자아인지 대상인지는 중요하지 않다. 오히려 이 부분에서는 중의적 해석이 더 낫겠다. 중요한 것은 대상과 자아가 상호작용하여 내면화, 즉 세계의 자아화에 거뜬히 성공했다는 점이다. 이 시기 어린이의 시 쓰기 지도에 충분히 본보기로 삼을 만한 시다. 「왜」는 이 무렵 비판적 자아 또는 논리적 자아의 형성이라는 측면에서, 그리고 사회적 언어를 사용하고 있다는 점에서 눈길을 끈다.

살펴본 대로 2학년 어린이시의 가장 큰 언어 특징은 혼잣말이 줄고, 타자에게 말 걸기가 왕성해진다는 것이다. 타자에게 말 걸기의 목적은 의식의 내면화이긴 하지만, 이 시기 어린이들은 대상과 자아를 분리하기 시작함으로써 시의 동일성이 점차 와해되고 있다는 사실을 보여 준다. 일부 어린이들에게는 여전히 혼잣말 현상이 눈에 띄는데, 이는 구어체와 문어체의 발달의 차이에 말미암은 현상으로 이해하면 되겠다.

산문적 사고, 시적인 산문

-3·4학년의 언어 심리

초등학교 3·4학년 시기는 구체적 조작기의 중후반, 또는 내적 언어 단계에 접어든 지 서너 해가 지난 때이다. 따라서 비판적 자아와 논리적 자아가 사회적 자아로 굳어지는 시점이다. 그렇다면 이 무렵 어린이는 타자에게 말 걸기를 통해 이를 자아화하고 사회적 언어와 내적 언어, 곧 언어적 사고를 능숙하게 구사하고 있는가. 무엇보다 이 언어적 사고가 시적 사고와 시적 언어에 기여할 수 있는지가 관심거리다.

쫄깃쫄깃
인절미
찹쌀가루 반죽해서
전자레인지에 3-4분 익혀주고

보들보들 콩고물 팍팍 넣어 묻혀준다.

_3학년 어린이시, 「인절미」

나는 오늘 벽에 있는

달마할아버지를 봤다.

그런데 할아버지가

나를 집중해서 보는 것 같다.

그래서 이상했다.

나는 달마할아버지 곁을 나갔다.

_3학년 어린이시, 「달마할아버지 사진」

이미 여러 차례 확인했지만, 3학년 어린이시의 가장 큰 특징은 대상과 자아의 분리 현상이 두드러진다는 점이다. 1·2학년 어린이들이 자기중심성으로 말미암아 대상을 쉽게 자아화하거나 자아에게 말 걸기와 타자에게 말 걸기가 상호작용하는 가운데 시적 동일성을 이루던 것과는 달리 이 무렵 어린이시는 대상을 멀찌감치 관조하거나 객체화함으로써 시가 메말라지고 느슨해진 현상을 보여 준다. 시가 아닌 산문이 되고 있다는 얘기다.

접속사를 포함한 거의 정확한 어휘 사용과 규범적이면서도 능숙한 문장 진술은 이 시기 어린이의 논리적인 사고를 반영한 것인데 어린이들의 내적 말, 즉 언어적 사고가 작동하고 있음을 보여 주는 증거다.

언어적 사고와 시적 사고는 본디 바탕이 다르다. 언어적 사고란 논리적 기억을 사용하는 것이고, 시적 사고는 언어 이전에 대상과 맞닥뜨리면서 직관으로 교감하는 일이다. 나는 여기서 산문과 시가 각기 발생하는 것으로 여긴다. 논리적 기억(이 또한 언어이다)은 서사가 되어 산문을 낳고, 대상과의 직관적 맞대면과 교감은 시적 동일성을 이루어 시를 낳는다는 것이다. 논리적 사고, 또는 언어적 사고가 가능한 이 시기 어린이시가 시로서 겉모습은 더 잘 갖추었지만 시적 감흥을 제대로 느끼지 못하는 것은 이런 까닭에서다. 시의 형식을 갖추었지만 '시적인 산문'이라 할 만하다. 반면, 저학년 어린이들의 시는 겉으로는 산문적으로 서술되었지만 본질적으로는 강한 시성을 가지고 있어서 '산문적인 시'라 할 수 있겠다.

「인절미」는 대상에 대한 관찰, 또는 대상에 대한 자아의 일방적인 행위를 시간 경과에 따라 순차적으로 서술하고 있다. 자아와 대상이 한 순간, 한 지점에서 만나 '쫄깃쫄깃'한 일체감을 이룬 흔적은 없다. 시행을 나누고, '쫄깃쫄깃', '보들보들' 따위의 말만 쓴다고 시가 되지는 않는다.

「달마할아버지 사진」도 날카로운 관찰력에다가 "할아버지가 나를 집중해서 보는 것 같다."는 표현 때문에 시의 '집중성'을 확보한

듯이 보이지만, 끝내 "나는 달마할아버지 곁을 나감"으로써 대상으로부터 자아가 분리되어 동일성 확보에 실패했다.

다음 시들도 이 무렵 어린이들이 얼마나 산문적인 사고를 하는가, 곧 얼마나 산문적인 언어로 시를 쓰는가를 짐작하는 사례가 될 것이다.

① 오늘이 내가 기다리던 운동회다.

② 그런데 아침에는 좋았는데

③ 시간이 흘러가면서

　너무 싫었다.

① 내가 운동회를 하는데

② 아빠가 급한 일이 있어서 먼저 갔다.

③ 오늘 운동회는 너무 싫다.

_3학년 어린이시, 「운동회」

아버지가 일찍 오셨다

우리가 한 골 넣으면

"와 잘한다"

상대가 한 골 넣으면

"야~ 야 그걸 못막고…"

우리가 지면

"감독 짤라~"

아버지가 감독이시다.

_3학년 어린이시, 「축구경기 있던 날」

「운동회」는 정확히 ①-②-③, ①-②-③의 순으로 시간의 진행에 따른 사건과 그때그때의 감정을 술회하고 있다. 전형적인 산문 진술 방식이다. 이러니 동일성도 집중성도 확보될 리 없다. 이런 시가 바로 '시적 산문'이다. 이는 다음과 같이 '시적'이라는, 즉 시의 탈을 벗겨 버리면, '산문'으로서의 본디 모습이 드러나고야 만다는 사실을 대번에 확인할 수 있을 테다.

오늘이 내가 기다리던 운동회다. 그런데 아침에는 좋았는데 시간이 흘러가면서 너무 싫었다. 내가 운동회를 하는데 아빠가 급한 일이 있어서 먼저 갔다. 오늘 운동회는 너무 싫다.

_앞 「운동회」를 행갈이나 연 구분을 하지 않고 풀어쓴 글

영락없이 일기, 즉 산문이지 않은가. 「축구경기 있던 날」도 대상인 아버지를 줄곧 관찰만 하다가, 마지막에 가서, 딱 한 번 자아가 드러나는데, 이것도 시의 주체가 아니라 객관적 판단자의 모습이다.

'비판적 자아'를 유감없이 드러내 보여 준다. '축구경기 있던 날'이라는 제목이 암시하듯 이 시는 진술의 시점에서 경험의 시점에 대한 기억을 되살려 역시 '술회'하고 있다.

4학년은 자아의식과 관계 인식에서 살펴본 바와 같이 주로 3학년에 들어와 형성되던 비판적 자아, 곧 논리적 자아가 자아의 정체성에 대한 자각으로 내면화되면서 자아의 숨김 현상이 두드러지는 시기다.

숨겨진 자아는 내면 의식 속에서 어떤 언어 작용을 하는 것일까.

　　슝슝 바람부는 날
　　꼬마 빗방울
　　번지 점프한다.
　　처마밑에 걸린 빗방울
　　번지점프 실패해서

　　총총총 내려앉고
　　성공한 빗방울
　　또독또독 자신 있게 내려온다.
　　빗방울 번지 점프하는 비 오는 날
　　나무는 흥분하여

끄덕끄덕 춤춘다

_4학년 어린이시, 「번지점프 하는 빗방울」

공부시간에 떠들다가 걸려서 종아리 한대

공부시간에 자다가 종아리 2대 질서 안지켜서 종아리 3대

집에 와서 공부하지 않아서 10대

참다 참다 못해서 으앙 하고 울었다 울어서 또 맞고

참 불행하겠다

_4학년 어린이시, 「회초리」

위의 두 시에서 새삼 확인되듯이, 4학년 어린이시의 가장 두드러진 특징은 자아와 대상을 철저히 분리해서 대상을 객관화한다는 것이다. 당연히 자아는 대상에 대해 사뭇 객관적인 관찰자의 입장에 서게 된다.

「회초리」에서처럼 종일 '회초리' 사례를 받는 자아에 대해서도 마찬가지다. 이러다 보니 자아와 대상의 심리적 거리는 그만큼 멀어지게 된다. 대상과의 진지한 대화, 곧 타자에게 말 걸기도 뜸해질 수밖에 없다. 여기서 언어학적으로 주목해야 할 현상은 이처럼 대상과 자아를 모두 객관적으로 바라보다 보니 언어 자체도 객관적으로 인지하는 능력이 발달하여 모국어 규범에 꽤 충실하다는 점이다. 그래

서 문장이 사뭇 규범적이고, 어휘 선택이 정확한 편이다. 발화 과정에서 수신자를 의식하고 있다는 증거이다. 그러나 이런 규범적인 문장과 정확한 어휘가 시를 보장하지는 못한다. 앞에서도 언급했듯이, 이는 오히려 시적 사고와 언어 표현에 장애가 될 수도 있다. 이 무렵 어린이들의 시에서 부쩍 동시에 대한 모방이 두드러지는 현상은 결코 우연이 아닐 테다. 이미 뚜렷해진 '사회적 자아'와 관련해서도 그렇다.

규범화된 언어, 시어의 실종

─5·6학년의 언어 심리

이 시기는 사회적 자아가 더욱 뚜렷해지지만 눈에 보이지 않는 추상체에 대해서도 형식적 조작이 가능함으로써 시에 관념성을 띠게 된다. 시가 자아의 메시지, 즉 의미만 성하고, 구체적인 형상이 실종되는 이른바 '원초적 시성의 퇴조기'를 맞게 된다. 이 무렵 어린이들은 자신을 억압하는 사회의 여러 기제들에 쉽사리 순응해 버리기도 하지만 반발하기도 하여 그만큼 대상과 심리적 거리가 멀어진다. 이런 자아의식은 이 시기 어린이들의 언어에 어떻게 작용할까.

우리들은 몰랐다
우리가 안쓰럽게
쳐다보는 것이
친구들을

더 불편하게 만든다는 것을
몸이 불편한 친구들에게
몸보다는 마음을
더 아프게 하고 있다는 것을

우리들을 잊고 있었다
우리가 우리와 다르게
생각하는 것이
친구들을
더 힘들게 한다는 것을
내가 아플 때처럼
몸이 불편할 뿐인
그 친구들과
우리와 똑 같은 마음을 나누며
살아아겠다.
우리들은

_5학년 어린이시, 「우리들은」

화장실 청소를 한다
수세미에 비누를 묻치고

여기저기 골고루 닦았다

샤워기로 이쪽저쪽

깨끗이 닦았다

닦고 나니 금방 깨끗했다.

손에 비누를 묻쳐서 더

부드러웠다

친구들이 땀을 뻘뻘

흘리는 모습이

힘들었다는 생각이 들었다

엄마가 청소를 할 때도

이렇게 힘들었다는

생각도 들었다

_5학년 어린이시, 「청소」

이 시들은 4학년 어린이시에서 보이던 언어적 사고가 더욱 활발해졌음을 보여 준다. 따라서 어휘선택과 문장이 이전보다 훨씬 정련되었다. 의식도 매우 규범화되었다. 그럼에도 시적 감흥은 그다지 전해지지 않는다. 왜 그럴까.

「우리들은」에서는 구체적인 대상이 없다. 굳이 꼽자면, 자아의 도덕적 관념 자체가 대상인 셈이다. 그러다 보니 관념적이고 추상적이고 도덕적인 메시지만 너절하게 늘어놓았다. 물론 이 메시지, 즉 표상된 언어는 내적 말이 드러난 현상이나 다름없다. 그래서 언어 발달 단계로 보면 이미 이 어린이는 상당히 진척된 내적 말의 단계에 서 있는 듯하다. 그러나 이 어린이의 언어적 사고의 결과, 즉 메시지는 논리적 설득력과 도덕적 공감은 얻게 될지언정, 시적 공감은 얻기 힘들다. 시는 '자아와 (실재하는) 대상의 직접적인 교감'을 언어로 표현하는 문학 갈래인데, 이 필요충분조건, 즉 '자아', '대상', '언어' 가운데 하나인 '대상'이 실종된 탓이다. 따라서 시로서 결정적인 결격사유를 가질 수밖에 없다.

　「청소」를 쓴 어린이도 청소라는 구체적인 상황을 시의 대상으로 하고는 있지만, 대상과 직접 교감한 것을 형상화하지 않고 대상에 대한 관념을 직접적인 메시지로 표출하여 결국은 대상은 실종하고, 자아만 남아 있는 꼴이 되었다. '타자에게 말 걸기'를 접고, 다시 자아의 관념, 곧 '내적 언어' 속으로 빠져든 셈이다. 이런 상태에서 시의 동일성을 기대하기는 어렵다. 내적 사고에 따른 메시지, 그 자체가 시가 되는 것이 아니라 메시지가 시적 언어로 형상화되었을 때 시가 되는 것이다. 이 말은 메시지 자체는 추상적이지만 그것을 구체적 형상물, 즉 시적인 언어로 형상화했을 때만 시가 된다는 뜻이다. 어떻게 보면, 모든 실용, 비실용문들이 다 그렇겠지만, 시를 쓴다는 것은 이 메시지를 어떻게 전달하느냐, 즉 메시지 처리에 대한 고민이나 다름없다. 그런데 시는 이것을 은폐하면서 드러내야 한다는 데 어려움이 있다.

시 창작 지도를 하면서 '시의 글감 고르기'에 대해서 이렇게 말하곤 한다. "메시지를 잘 살릴 수 있는 대상이 아니라, 메시지를 잘 은폐할 수 있는 대상을 찾아라." 물론 이는 순전히 어른 창작자들에게 하는 말이다. 그러나 이 시기 어린이에게는 해당할 수도 있다. 저학년 어린이들은 천성적인 아동성으로 대상과 자아를 쉽사리 동일화해 버리기 때문에 고민할 이유도 없고, 실상 고민하지도 않는 일이지만 아동성을 거의 상실해 가는 이 무렵 어린이들에겐 필연적으로 부딪힐 수밖에 없는 문제 상황이 되는 탓이다.

이들의 시에서 규범적이고 도덕적인 메시지가 이렇게 성한 데는 사회적 요인, 즉 우리 학교 교육도 크게 작용한다는 것을 지적하지 않을 수 없다. 문학을 문학으로서가 아니라 이념의 도구로 쓰도록 종용해 왔다는 사실이다. 예컨대, 반공 글짓기, 통일 글짓기, 과학 글짓기는 말할 것 없고, '일기 쓰기를 통한 인성 함양', '시 쓰기 지도를 통한 바른생활 태도 신장' 따위 흔히 볼 수 있는 시범학교 운영 주제들이 여기에 해당한다. 어떻게 일기나 시로써 통일 정신, 과학적인 생활, 인성을 기를 수 있다는 건지 나로선 도무지 이해할 수도, 수긍할 수도 없는 '학교 교육'이다.

감옥은 모두들 무서운 곳이라고 하지만

감옥은 성스럽고 깨끗한 곳

어둡고 아무것도 보이지 않고

쇠창살과 조그마한 빛이

죄수자들을 슬프게 혹은 변함없이 만든다.

밖으로 나가고 싶은 욕망과 두려움

밖을 볼때마다 어머니를 떠올리고

그들은 그렇게 하루...이틀...

감옥을 빠져나오면 모든 죄와 두려움을

씻는다. 감옥은 사람의 마음을 따뜻하게 하는 곳

잘못한 일을 씻어 주는곳 감옥은..

성스러우며..

깨끗한 곳

_6학년 어린이시, 「감옥」

친구야

가을 하늘 저 멀리

붉게 물든

저 노을을 보았니?

저건

토담이 둘러싼

우리 할머니 집에서

내가 가지고 온 것이란다.

저건

나를 반기는

우리 할머니의

활짝 핀 웃음이란다.

친구야,

아름답지 않니?

저건

쪼글쪼글 하고

거칠거칠한

우리 할머니의 손이

나를 안을 때의

우리 할머니의

활짝 핀 웃음이란다.

_6학년 어린이시, 「친구야」

6학년 어린이들의 시다. 「감옥」은 감옥의 의미에 대해 직접적으로 설명하고 있고, 「친구야」는 노을의 의미를 할머니의 웃음에 비유하여 설명하고 있다. 둘 다 대상에다 나름대로 의미를 부여하여 설명한다는 데 공통점이 있다. 이는 이 시기 어린이들의 내적 언어, 나아가 언어적 사고가 꽤 높은 수준에 있음을 보여 주는 현상이다. 어린이들은 자라면서 여러 가지 상황을 경험하며 이미 가지고 있던 개인적인 의미를 계속해서 재구성해 가는데, 결국 그 의미는 문화적으로 채택된 관습적인 의미, 즉 성인의 그것과 거의 유사해진다. 뒤의 어린이는 교과서에서 배운 동시를 통해서 '노을'의 의미를 재구성했고, 앞의 어린이는 다른 사람, 예컨대 교사나 부모를 통해 '감옥'의 의미를 학습 받은 듯하다. 둘 다 학습의 결과인 셈이다.

시는 대상을 의미화하여 설명하는 것이 아니다. 그 의미를 구체적 언어로, 그것도 독창적으로 형상화하여 보여 주는 것이다. 시어를 사물로 간주했던 사르트르는 "의미를 가지는 기호가 지배적인 힘을 누리는 영역, 그것이 산문이다. (중략) 시는 말을 사용하지 않고 봉사한다. 시인은 말을 기호로서가 아니라 사물로 간주하는 시적 태도를 취한다. 시인에게는 의미까지도 자연적인 것이다."고 했다. 윤리적, 혹은 사회적 의미를 전달하는 것은 산문이지 시가 아니라는 말이다. 그럼에도 이 시기 어린이들의 시가 이렇듯 메시지 전달에 치중하고 대상에 대해 의미를 부여하여 설명하는 현상은 산문적 사고에 익숙한 이 무렵 어린이들의 자연스러운 의식의 반영이며 제대로 된 시 교육이 이루어지고 있지 않다는 반증이기도 하다.

시적 자아

　시를 쓰는 일은 매우 주관적이면서도 뚜렷한 사회적 행위다. 시인의 자아를 독자 대중, 즉 사회에 드러내는 일이기 때문이다. 그래서 시는 자아와 대상, 혹은 존재에 대한 '숨김'과 '드러냄'이라는 이중적인 속성을 가진 언어로 표현되기 마련이다. 이 이중적 언어 행위의 장치 가운데 하나가 '시의 화자' 또는 '시적 자아'다. 물론 시적 자아의 설정은 순전히 시가 시인 자신의 세계관을 반영하는 주관적인 문학 양식이라는 데서 비롯한다. 따라서 시인은 숨김과 드러냄을 조절할 이중 장치로서 탈(페르소나)을 필요로 하게 되는 것이다. 이것이 바로 시적 자아다. 그러나 탈은 말 그대로 실제 자아의 가면일 뿐이다. 그래서 우리는 대개 이야기를 이끌어 가는 화자가 '나'라는 1인칭 시점을 취하더라도 작가와 동일시하지 않지만, 시의 화자가 '영희'나 '철수' 따위 3인칭의 인물일지라도 이를 시인 자신과 동일시하는 경향이 있는 것이다. 시의 화자를 시인과 동일시하든 분리하든 그건 순전히 독자의 몫이다. 물론 이런 시적 자아의 설정, 또는 선택의 주체는 시인이며, 시인은 대개 독자의 이런 반응까지도 의식하며 시를 쓴다. 요컨대 시에서 시적 자아는 시인의 실제 자아일 수도 있고 아닐 수도 있다.

동시도 이런 의미에서는 마찬가지지만, 실제 자아가 어린이가 아니라 어른이라는 점이 다르다. 여기서 아동문학의 특수성이 발생하는데 동시의 시의 화자를 시의 그것과 구별하여 '의사 화자' 또는 '대리 화자'라 일컫는 것도 바로 이런 까닭에서다. 어린이시는 그 시를 쓴 어린이의 실제 자아가 시적 자아가 된다. 즉 시의 의도적인 장치로서 시적 자아를 설정하지 않는다. 바로 이 점이 종종 어린이시를 시로 인정하지 않는 이유가 되기도 한다. 그러나 이런 논리는 단지 시가 짧지 않다는 이유로 시가 될 수 없다든지, 연과 행의 구분을 하지 않아서 시가 될 수 없다는 정도의 인식 수준을 보여 주는 단견일 뿐이다. 시가 되고 안 되고는 오로지 시의 주체와 형식과 방법에 있는 것이 아니라 시가 되게 하는 시 정신, 또는 시적 원리가 시에 내재하고 작동하고 있는지 여부에 달려 있다.

어린이시의 시적 자아는 시인들의 그것처럼 시인 자신의 실제 자아를 얼마만큼 숨기고 드러낼 것인가에 대한 문제가 아니라 대상을 바라보는 자아의식, 즉 대타의식과 관련된 문제이다. 물론 이런 어린이의 자아의식은 의도되고 가장된 것이 아니라 그 실체가 그대로 시에 표상된다. 한마디로 어린이시의 시적 자아는 어린이의 자아, 특히 대상과 관련한 자아의 실체라 할 수 있다.

지금까지 어린이시의 심리를 분석하면서 짬짬이 어린이의 자아 유형을 언급해 왔다. 1학년의 '자기중심적 자아', '융합형 자아', 2·3학년의 '비판적 자아', '논리적 자아', '분리형 자아', '관찰자적 자아', '사회적 자아', 4학년의 '성적 자아', 5~6학년의 '관념적 자아' 등이 그것이다. 이를 ① 대상과 자아를 융합해서 동일시하는가, ② 대상과 자아를 분리해서 보는가, ③ 대상과 자아의 존재를 구체적이고 객관적으로 관찰하는가, ④ 존재의 의미를 주관적으로 관념화해서 직접적으로 설명하고 있는가에 따라 어린이시의 시적 자아를 유형화할 수 있겠다.

1. 융합형 자아

융합형은 말 그대로 대상을 자아와 융합하여 동일시하는 자아 유형이다. 물론 이는 자기중심성에 따른 것이다. 그러나 어린이가 가지는 자기중심성이란 어른의 그것처럼 타자의 입장과 견해를 뻔히 알면서도 이기적으로 가지게 되는, 즉 타자에 대해 배타적인 속성이 아니라 타자의 역할과 생각이 '나'와 같을 것이라고 믿는 데서 비롯되는 의식 성향이다. 따라서 동화와 투사를 통해 대상과 자아가 쉽게 융화하여 동일체에 이르는 이 융합형 자아야말로 시의 속성, 혹은 시를 시가 되게 하는 시적 원리, 즉 동일성, 현재성, 집중성을 가장 용이하고 확실하게 확보하는 시적 자아 유형이다.

다음과 같은 시의 시적 자아가 바로 이 '융합형 자아'에 해당한다.

내동생은 장난꾸러기같다.

매일 마다 나를 게로 핀다.

그런데 자기가 자기를 때린다.

그레서 엄마나 아빠한테 혼이

난다. 나는 내동생을 엄마가

혼을 낼땐 내가 엄마를

말린다. 그리고 나는 가슴이

아프다.

_1학년 어린이시, 「내동생」

병아리가

벙어리가 됐다

입은 벌리는데

아무소리가 안났다

너무 불쌍했다
입에서 소리가 안날 때
슬펐다

_2학년 어린이시, 「병아리」

2. 분리형 자아

분리형 자아는 자아와 대상을 분리하여 대상을 객관적으로 인식하는 자아다. 이는 분산적 사고가 가능한 데 따라 형성된 자아로서 자아는 대상에 대해 사뭇 관찰자다운 입장을 취한다. 그만큼 대상과 심리적 거리가 멀다. 자연히 시에서 동일성을 이루기 어렵다. 분리형 자아는 심지어 자아에 대해서도 객관적인 입장을 취하기도 한다. 자아와 타자에 대해 비판적이기도 하면서 동시에 규범성이 강하다. 모국어도 꽤 익숙하게 다루며 시에서도 규범적인 형식을 갖추어 쓰긴 하지만 본질적으로 산문에 가깝다. 이는 그만큼 이 자아가 주로 기억에 의존하는 언어적 사고가 왕성하기 때문이다. 이러한 산문적 사고는 시에서 현저히 동일성, 집중성의 약화로 나타난다. 또한 이 분리형 자아는 시에서 자아의 모습을 잘 드러내지 않으며 구체적인 대상에 대해서만 관심을 가지고 논리적 사고를 전개하는 속성을 가지고 있다.

다음과 같은 시가 분리형 자아에 의해 쓰인 예다.

"야! 곤충이네"
풍뎅이 암컷 한 마리
복도 위에 기절해 있네
암컷 풍뎅이
햇빛을 받으니
뒷다리로 몸을 들어 찍었네

'무엇을 하는 걸까?'
잘 모르겠네
그냥 놔두자

오늘 아침에
일어나 보니
죽어 있네
어젯밤에 죽은 것 같잖아!

나도 빨리 죽지 않아야지!

다음에 소풍갈 때
곤충을 많이 관찰해야지

_3학년 어린이시, 「나는 좋아 곤충은 싫어」

김아윤은
아연이의 별명

한 번은 "아윤아!"
하고 불렀지.

"은자 메롱!" 되받아쳤다.
퍽, 쾅쿵, 꽈광

아윤이와 은자의
장난 싸움
역시 아윤이는
난폭해!
은자가 또 "아윤이 바보!"

했는데 주먹이 안 왔다

참은거다

뭐라해도 참을줄 아는

아욘이.

은자는 감동 받았다.

_4학년 어린이시,「내 친구 김아욘」

3. 관념적 자아

어린이들은 형식적 조작기에 접어들면 경험하지 않은 일이나 눈에 보이지 않는 추상적인 대상에 대해서도 형식논리로 조작하는 능력을 가지게 된다. 그래서 대상을 볼 때 존재 이면의 속성과 의미에 대해서도 나름대로 추론하고 개념화하는 자아 특성을 지니게 되는데, 이를 '관념적 자아'라고 일컬었다. 이런 자아는 시에서도 존재를 시적 언어로 형상화해서 보여 주는 것이 아니라 그 의미를 직접적으로 설명하는 형식을 취한다. 이 관념적 자아는 사회적 자아의 또 다른 모습으로 당연히 사회현상에 대해서도 관심을 가지고 매우 규범적으로 인식한다. 그러나 자아의 정체성, 또는 존재의 속성과 의미에 대해서도 논리적 조작을 가하기 때문에 시에서 자아와 존재의 의미에 대해 직접적으로 설명하는 관념에 빠지기 일쑤다. 시가 의미를 구체적인 형상으로 보여 주지 못하고, 그 의미를 직접적으로 설명하는 것을 관념적이라고 하며 시 창작에서 가장 경계하는 것이 관념, 또는 메시지의 직접적 노출이다.

시에서 다음과 같은 시적 자아 유형이 바로 관념적 자아다.

　나의 실력은 어머니의 실력
　어머니께서 공부를 같이 했으니까
　어머니의 실력

　나의 실력은 선생님의 실력
　선생님께서 공부를 가르쳐 주셨으니까
　선생님의 실력
　나의 실력은 아빠의 실력
　아빠가 돈벌어서 학원 보내 주었으니
　아빠의 실력

_5학년 어린이시, 「시험」

친구란 무엇과도

바꿀 수 없는 선물

우정으로 사랑으로

똘똘 포장되어 있는 선물

나에게 친구란

항상 같이 웃을 수 있고

슬픔과 기쁨도 함께 나눌 수 있는 친구

항상 같이 해 줄 수 있는 친구

친구란 하늘과도 같은 존재

언제나 함께 할 수 있고

천둥, 번개, 태풍이 와도

다시 제자리로 돌아오니까

소중한 친구

소중한 친구

넌 무엇과도 바꿀 수 없는

나의 소중한 친구

_6학년 어린이시, 「친구란」

시적 자아 유형은 하나의 유형이 의식을 전적으로 지배하거나 시에 작용하는 것은 아니다. 시기별로 특징적인 자아 유형을 보이긴 하지만, 엄연히 개인차가 존재하며 한 어린이의 의식 속에서도 여러 자아 유형이 혼재되어 있기 마련이다. 또 하나의 시 안에서도 동시에 작용하는 경우가 많다. 다만 어느 유형이 지배적인 강세를 이루며 시에 작용하느냐에 따라 시적 자아의 유형이 도드라지는 것이다.

시의 형식

흔히 시를 형식미학이라 할 정도로 시에 있어서 형식은 매우 중요하게 취급해 왔다. 시의 이러한 고유 형식도 따지고 보면 시의 속성이나 시적 원리에서 비롯된 것이다. 시가 형식을 낳았지 형식이 시를 만들지 않았다는 말이다. 따라서 시의 형식도 시 정신의 표현이라는 관점에서 바라보는 것이 마땅하다.

환기하자면 시 정신은 세계와의 융화, 즉 세계와 동일성을 추구하는 정신이다. 동일성은 필연적으로 현재성과 집중성을 수반한다. 이것이 시의 생성 원리이자 시 창작의 원리가 된다. 어린이는 시 정신을 아동성 자체로 간직하고 있다.

어린이시의 형식은 이런 아동성, 또는 시 정신의 자연스러운 겉모습이다. 따라서 어린이시의 표현 특징, 예컨대 '시의 길이', '행갈이' 따위를 살피는 일은 어린이들의 자아관, 또는 세계관을 살피는 일이나 다름없다. 이 가운데 행과 연의 구분은 대상과의 동일성의 결과라기보다 언어적 사고의 발달 정도, 또는 학교 문학교육을 반영하는 현상으로 보이지만 이 또한 어린이시의 엄연한 형식으로 유의해서 살펴볼 필요가 있다.

1. 길이

시에서의 길이는 시의 속성, 혹은 시적 원리와 직접적인 연관이 있다. 시는 자아와 세계가 만나는 바로 그 경험의 순간을 포착하는 것이기 때문에 현재성, 집중성의 속성을 가진다. 그러나 경험의 순간은 단순히 물리적 시간의 순간이 아니라 서정화의 순간이다. 서정화란 세계를 자아화하는 것을 말한다. 이것이 동일성이다. 시가 이런 속성을 지니다 보니 마땅히 길이는 짧아질 수밖에 없는 것이다.

이런 측면에서 보면 짧을수록 더 시적이라 할 수도 있다. 대개 대상과 만나는 그 경험의 순간, 자아의 첫 정서적 반응은 '아!'라는 영탄일 테다. 이 영탄은 놀라움일 수도, 기쁨일 수도, 슬픔일 수도, 고통일 수도, 탄식일 수도 있다. 그러나 '아'라는 영탄만으론 시가 될 수 없다. 이 영탄의 순간을 언어로 형상화해야 시가 된다. 여기서 시의 기승전결의 구조가 발생하는 것이다. 이를 얼마나 함축하느냐에 따라 시의 완성도와 길이가 결정된다.

학년 변화에 따른 어린이시의 길이를 관찰해 보니 당연히 저학년일수록 시의 길이는 짧았다. 1학년 어린이시는 5행 이하가 상당수 있었으며, 반면 6학년들은 대부분 10행 이상을 썼다. 물론 이런 차이는 언어적 사고의 발달 정도에 따른 서술 능력의 차이일 수 있다. 그럼 이는 단지 서술 능력의 차이를 보여 주는 것일 뿐, 시적으로는 아무런 의미가 없는 현상일까? 아니다. 이 길이의 차이는 비록 의도된 것이 아니라 할지라도 시적 완성도와 매우 밀접한 연관이 있다.

다음 시를 읽어 보면 시가 어떻게 해서 짧아지고 길어지는지 그 이유를 짐작할 수 있을 것이다.

놀이터에놀자
나랑갔이놀자

_1학년 어린이시, 「갔이놀자」

텅빈
운동장의 모래들이
반짝 빛을 내며
황토빛 엷은 웃음
짓는 이유는

넘어진 후배를

일으켜 세워준

선배의 따스한 마음이

아직도 운동장에

스며있기 때문입니다.

텅빈

운동장에 홀로 서있는

초록빛 나무 한 그루가

나뭇잎 한 장 한 장에

초록빛 웃음

머금은 이유는

정신없이 뛰어노는

아이들의 순수한 모습을

나뭇잎 한 장 한 장에

가득 담아 놓았기 때문입니다.

운동장은

지금도 웃음 짓습니다.

힘차게 뛰어놀아 줄

운동장 속 아이들이 있기에...

_6학년 어린 이 시, 「운동장」

「갔이놀자」는 1학년 어린이가 쓴 시로서, 이 책의 보기 작품 가운데 가장 짧은 시다. 반면 「운동장」은 6학년 어린이의 시인데, 비교적 긴 편에 속한다. 앞의 어린이시는 '갔이(같이) 놀자'는 제목이 말하듯이 시의 대상은 놀이터가 아니라 명시되어 있지는 않지만 친구임이 분명하다. 이 어린이의 시에서 주목해야 할 부분은 친구와 같이 놀고 싶은 그 서정의 순간이다. 바로 이 순간은 과거의 시간까지 포함된 현재의 시간, 곧 과거가 현재화된 순간이다. 그래서 '같이 놀자'고 한 것이다. 아마도 이 어린이는 평소에 같이 놀 친구가 없는 모양이다. 그래서 그 친구를 '놀이터'라는 현재의 공간과 현재의 시간으로 불러온 것이다. 물론 이 공간과 시간은 서로 분리된 것이 아니라 시공이 융화된 '현재'라는 한 점이다. 그래서 이 어린이의 시는 자아와 대상, 과거와 현재의 시간을 한 지점에 집중시켜 완벽하게 동일성, 현재성, 집중성을 확보하게 된다. 단 한 자도 군더더기가 없다. 이렇게 시의 짧음은 실현되는 것이다. 이 시를 예사로 보아 넘길 수 없는 까닭이다.

반면, 뒤의 시가 길어진 이유는 분명하다. 바로 자아가 대상에 멀찌감치 서서 그것도 대상 자체를 관찰하고 묘사하는 정도가 아니라 그 의미를 장황하게 설명하고 있기 때문이다. 그러다 보니 시는 자꾸만 길어지고, 긴장은 풀리고, 결국에 가서는 '운동장' 또는 운동장에 있는 모든 존재들은 실종된 가운데 자아의 공허한 메아리만 울리고 있다. 얼른 보아 사뭇 시적으로 비치던 언어들은 모두 퇴색되어 버린 채, 맥없이 늘어진 말의 긴 행렬만 남아 있을 뿐이다. 설명형 시가 흔히 빠질 수 있는 위험성이다.

이처럼 시의 길이는 단지 언어적 사고와 서술 능력에 관한 문제가 아니라 자아의 세계를 대하는 태도, 즉 시적 사고 또는 시 정신에 관련된 문제다. 따라서 어린이시의 길이는 어린이의 사고 발달 과정, 혹은 시적 사고의 변화 과정을 보여 주는 자연스러운 현상으로 받아들여야지 단순한 어휘 사용 능력이나 서술 능력으로 간주하여 인위적 변화와 작용을 가하는 어린이시 쓰기 교육이 되어서는 안 된다. 오히려 시의 길이가 길어지는 원인을 시사점으로 삼아 가능한 한 시를 본질적으로 함축할 수 있는 방법론을 고민해야 할 것이다.

2. 행·연 구분

시에서 시행은 리듬 형식이다. 즉 리듬을 살리기 위한 장치가 바로 시행이다. 그래서 시어를 균등한 무게와 의미를 지닌 단위로 분할하는 등가성의 원리에 의해 시행이 배치되기 마련인데, 물론 이렇게 등가 체계로 시행을 나누는 목적은 리듬을 살리기 위해서다.

리듬이라고 하는 것이 인간이 창조한 기호에 의해 생성되는 것이 아니라 애초부터 우주 운행의 질서적인 흐름으로 존재하는 것이며, 또한 거기 존재하는 사물과 인식에 작용하고 있는 항시적인 기운이다. 그래서 우주 안의 모든 사물이 내는 소리나 소리를 기호화한 인간의 언어가 원천적으로 리듬을 가지게 되는 것이다. 시인은 이 우주에 내재하는 리듬에 누구보다 예민하게 반응하며 조응하는 존재다. 기호로 정형화된 형식을 따를 존재가 아닌 것이다. 현대시의 대종을 이루는 자유시와 산문시는 이런 형식화된 리듬 형식에 대한 반발, 또는 우주에 원천적으로 내재하는 리듬에 귀 기울이는 본능적인 회귀 정신으로 볼 수 있다.

시인보다 더 민감하게 우주의 리듬에 반응하는 존재가 바로 어린이다. 시행의 특징과 시행의 의미에 대한 이해를 돕기 위해 다음과 같이 어린이시의 시행을 임의로 바꿔 보았다.

1-①
나는 얼굴이 동그랗습니다.
꼭 맛있는 토마토 같습니다. 그

동글란 얼굴위에 눈숲이 있습니다.

_1학년 어린이시, 「내 얼굴」

1-②

나는 얼굴이 동그랗습니다.

꼭 맛있는 토마토 같습니다.

그 동글란 얼굴위에 눈숲이 있습니다.

2-①

엄마랑사탕을 사달라말햇다

나는먹고싶다안딘다햇다 그래서자꼬밧다

_1학년 어린이시, 「사탕」

2-②

엄마랑 (길을 가다가)

사탕을 사달라(고) 말햇다

나는 먹고싶다(고) (햇다)

(엄마는) 안딘다(고) 햇다

그래서 자꼬 밧다

1-②는 1-①을 등가성의 원리에 따른 일반적인 행갈이의 관행으로 시행을 재배열한 것이다. 2-②는 2-①을 생략되었음직한 시어까지 재생하여 역시 시행을 재배열해 보았다.

　먼저 「내 얼굴」은 단 한 군데, 곧 지시형용사 '그'의 위치를 제외하곤 거의 등가성에 따라 행갈이가 이루어져 재배열한 시와 차이가 없다. 그러나 이 한 음절의 시어의 위치에 따른 시적 효과의 차이는 매우 크다. 지시형용사 '그'가 두 번째 행에 있음으로 해서 '토마토'와 '내 얼굴'을 모두 지시하는 효과를 거두어 시의 결속력을 한층 높이게 된 것이다. 이는 어른 시 창작자들도 행갈이를 통해 노리는 효과 중의 하나이다. 어린이들의 대상에 대한 동일성의 사고 특징은 이처럼 행갈이에서도 본능적으로 발휘되어 시의 동일성으로 귀결된다.

　2-①의 행갈이와 시어 구사의 효과는 더욱 크다. 만약에 이 시가 2-②처럼 주어 사용과 상황에 대한 설명이 빈번하고 시어의 등가에 의해서만 행갈이가 이루어졌다면, 그리고 띄어쓰기마저 정확하게 이루어졌다면 시적 효과는 떨어지고, 동시에 시의 결속력과 동일성도 파괴되고 말았을 것이다. 그런데 이 어린이는 등가성이 다른 시어, 즉 주체와 상황이 다른 시어를 한 지점으로 집중함으로써 동일성과 함께 평면성, 집중성의 효과를 톡톡히 거두고 있다. 특히 두 번째 행에서 언어의 생략과 띄어쓰기의 무시는 시어의 집중 효과와

함께 시적 긴장감과 밀도를 최대화하고 있다. 물론 이는 의도된 것이 아니라 오히려 시행에 대한 개념 자체가 없는 가운데 본능적 반응에 따라 발휘된 것이다. 그렇다고 이를 우연으로 치부하며 무시할 수 없는 이유가 어린이들의 대상에 대한 이 본능적 반응이 시를 시답게 만든다는 사실이다. 기계적인 행갈이와 연의 구분을 강요하는 우리 문학교육에 도대체 시행이 무엇인가에 대한 숙고와 고민을 요구한다.

다음과 같은 시는 세계에 대한 본능적 반응, 즉 시적인 사고가 매우 정교하게 시행에 반영된다는 사실을 보여 준다.

우리 선생님

마녀다

화났을때

고함지른다

선생님

마녀다

화났을때

고함을크게 지른다.

_2학년 어린이시, 「제목 없음」

오히려 이 시는 행을 잘게 나눔으로써 긴장감과 리듬을 살리고 있다. 거의 어절 단위로 시행을 끊었다. 2학년의 시로서는 드문 경우다. 이처럼 2학년까지는 거의 행갈이만 하다가 3학년부터는 대부분 연 구분까지 하게 되고, 시행도 대체로 일반적인 등가성에 따라 배열된다. 이는 동시를 접하는 기회가 확대되는 한편, 문학교육 시간에 시의 형식 따위 시에 대한 이론을 본격적으로 배우게 된 데 따른 현상으로 보인다. 그러나 이렇게 등가성에 따라 행갈이를 하고 연을 구분한다고 해서 시의 리듬이 살아나거나 시가 더 시다워지지는 않는다. 이런 시들은 시의 형태를 띠고 있지만 본질적으로는 산문에 가깝다. 이를 '산문적인 시'와 비교하여 '시적인 산문'이라 할 수 있을 것이다. 물론 자아와 대상이 하나가 되지 못한, 곧 동일성을 갖지 못한 결과다.

다음 어린이시를 보자.

오늘 아침
난 내 친구를 만났다.
딱지 친구, 구슬친구
같이 데굴데굴
엎치락 뒤치락 하였다.

오늘 아침

난 내 친구를 만났다.

유희왕 카드, 둥근딱지

그녀석들과 같이

오늘은, 정말 신나게 놀았다.

_5학년 어린이시, 「친구」

    이 어린이는 거의 객관적인 등가성에 따른 행갈이와 함께, 연을 나누어 시를 썼다. 그리고 한 연에 같은 수의 시행을 배치하여 두 연이 대칭을 이루도록 했고, 의미적으로도 1연의 첫 행과 2연의 첫 행, 1연 둘째 행과 2연 둘째 행, 1연 셋째 행과 2연 셋째 행, 1연 넷째 행과 2연 넷째 행, 1연 마지막 행과 2연 마지막 행이 서로 짝으로 해서 대칭 구조가 됐다. 그러나 시에서 이처럼 기계적으로 행과 연을 가르는 일은 '시' 그 자체까지 대상화하여 시의 동일성을 더욱 해칠 소지가 있다는 점에서 엄격한 행갈이와 연 구분 현상이 오히려 마뜩잖게 다가온다. 정작 시를 의식하고서는 시가 써지지 않는다는 것이 오랜 시 창작 경험에 따른 내 생각이다.

    요컨대 시에서의 시행은 내재율이 중요한 것이고, 따라서 자연스럽게 드러나도록 해야 하는 것이지 일반적인 등가성에 따른 기계적인 행갈이와 연 구분은 오히려 시어의 유기적인 결속을 와해하고 자

연스러운 리듬을 파괴할 수 있다는 사실을 시창작교육에서는 고려
해야 할 것이다. 특히 어린이시에서는 그렇다.

주제와 제재

시에서 시인이 가장 관심을 가지고 다루는 대상, 또는 의미소가 바로 주제다. 어린이시에서도 주제와 관심 사항은 주로 시의 대상에 집중되어 있고, 이는 시의 제목에서 그대로 드러난다. 그래서 대체로 어린이시는 주제와 글감과 제목이 일치한다. 어린이시의 주제와 글감, 제목 붙이기에 대한 탐색은 어린이들이 관심을 가지고 있는 대상이 무엇인가를 살피는 일이나 다름없다.

1. 주제 유형

어린이시의 주제는 숨겨진 메시지가 아니라 대체로 대상을 통해 직접적으로 드러난다는 데 특징이 있다. 그렇다고 이를 빌미로 어린이시에서는 시의 대상, 혹은 제재는 있을지언정 의도된 주제는 없다는 논리로 비약할 일은 아니다. 대상과의 관계에서 자기중심성에 의해 대상을 자아와 동일화해서 생각하느냐, 자아로부터 대상을 분리하여 관찰이나 탐색의 입장을 취하느냐. 아니면 대상과의 관계 그 자체에 관심을 가지느냐, 곧 이러한 대상과의 관계 인식 자체가 어린이시의 주제가 되기 때문이다.

어린이시의 주제는 크게 ① 자아 중심적 주제, ② 대상 탐색적 주제, ③ 관계 중심적 주제로 나눠 볼 수 있겠다. 자아 중심적 주제란 자기중심성의 심리에 따라 대상을 자아화, 곧 동일화하는 주제를 말한다. 주로 자아와 관련이 있는 주변의 사물을 시의 대상으로 한다. 대상 탐색적 주제는 자아로부터 대상을 분리하여 관찰하는 유형이다. 주로 자아와 관계를 맺고 있는 구체적 사물이나 인물을 시의 대상으로 하고 있으나 '자아 중심적 주제' 유형과는 태도에 차이를 가진다. 관계 중심적 주제는 자아와 대상의 관계 그 자체에 관심을 가지는 유형이다. '가족애'니 '사랑'이니 '우정'이니 '이별'이니 '죽음'이니 하는 주제들이 이 유형의 주제에 속한다. 이런 관념들도 실상은 대개가 관계에 대한 인식이기 때문이다.

주제 유형에 해당하는 보기 작품을 제시하면 다음과 같다.

① 자아 중심적 주제

아버지가 가개에

가서 돈을 벌로

갔다. 아버지가

자전거를 2학년때

사주신다고 약속을

했다.

_1학년 어린이시, 「아버지」

② 대상 탐색적 주제

벽에 조그만한 동그란 어항

꼬리를 살랑살랑 흔들며

다이어트 하네

우리 엄마도 지금

다이어트 하네

_3학년 어린이시, 「금붕어」

③ 관계 중심적 주제

> 내가 나무라면
> 하늘 저 높이까지 쑥쑥 크고 싶다네.
> 저 하늘에 누가 살기에
> 비도 뿌리고 햇살도 비추는지 궁금하거든.
> 내가 나무라면
> 수없이 많은 가지를 뻗고 싶다네.
> 집 없는 새들이 모두 모여
> 오순도순 살아가라고
>
> _5학년 어린이시, 「내가 나무라면」

　이러한 주제 유형에 따라 어린이시를 분류하고, 학년별 변화 양상을 관찰했더니 저학년에서는 자아 중심적 주제가 대부분이었다. 그리고 고학년으로 갈수록 대상과의 관계 자체에 관심을 가지는, 관계 중심적 주제가 늘었다. 이는 사회적 자아의 형성과 밀접한 관계가 있는 것으로 보인다.

2. 제재 선택

시에서의 소재란 글감을 말한다. 이 가운데 시의 중심이 되는 글감이 바로 제재다. 시의 대상과 가장 직접적이고 밀접하게 관련을 맺고 있는 글감이 제재인 셈이다. 시의 대상은 추상적이고 관념적인 것이 될 수 있을지라도 이 제재는 구체물인 경우가 대부분이다. 어린이시는 대체로 시의 대상과 제재가 일치하는 경우가 많고, 대상과의 관계 인식에 따라 제재 선택이 변화하는 것을 볼 수 있다.

어린이시의 제재 선택을 두 가지 관점에서 파악할 수 있겠다. 그하나는 대상에 따른 제재 선택 경향을 살피는 일이고, 또 하나는 관계 인식에 따른 제재 선택의 경향을 파악하는 일이다. 어린이시의 제재 선택 경향을 보면 1·2학년들은 주로 관계적 측면보다 개인적으로 관심이 있는 대상을 제재로 선택하는 경향을 보이는 반면, 3학년부터는 사회적 관계에 대한 제재를 선택하는 경향이 두드러지고 5학년부터는 추상적인 제재를 선택하는 경향을 보인다. 물론 이러한 결과는 어린이들에게 제재를 자유롭게 선택하는 것을 전제로 할 때의미 있는 것이 된다. 따라서 어린이시를 지도할 때, 제목을 강제하는 일이 얼마나 어린이들의 자발적인 의식의 표현을 억제하는 일인가를 유념해야 할 것이다.

3. 제목 붙이기

시에 제목을 붙이는 일은 시를 한마디로 함축하여 시에 이름을 붙이는 일이다. 시의 이름에 해당하는 만큼 제목 붙이기는 시에서 매우 중요하게 다루는 부분이다. 더욱이 시의 제목은 단순한 시의 이름이 아니라 시의 본문과 구조적인 맥락에 함께 놓여 서로 상호 작용하는 관계이다. 시의 본문은 제목을 밑받침할 수 있는 것이어야 하고, 시의 제목은 시의 의미를 가장 적절하게 상징할 수 있는 것이어야 한다.

제목은 주제를 밝히는 방식으로 붙여지기도 하고, 글감 중에서 선택되기도 하며 시의 내용 가운데 한 문장이나 어절을 끌어다 붙이기도 한다.

① 주제를 표현한 경우

우리엄마는 거짓말쟁이
치과 간다고하고선
약속을어기고
약속은중요하다고하고선
엄마가 어겼다

정말이상하다

거짓말은나 쁘다고해노코

난꼭 약속을 지키는 어른이될거야

_2학년 어린이시, 「약속은 중요해」

② 글감에서 취한 경우

친구들이랑 놀고 있는데 나비가 자꾸자꾸

따라 왔다. 이상했다. 나비가 계속계속 따라오

면 밟을 것이다.

_1학년 어린이시, 「나비」

③ 시의 내용 중에서 뽑은 경우

나는 동물이 되고 싶다.

숙제도 안하고

공부도 안하고

먹고

자고

놀고

그랬으면 좋겠다.

_5학년 어린이시, 「동물이 되고 싶다.」

이처럼 어린이들도 나름대로 다양한 방식으로 시에 제목을 붙이고 있다. 더러는 제목이 없는 경우도 있는데, 이는 어른들이 흔히 쓰는 '무제_{無題}'와는 다른 것으로 시에 제목이 있어야 한다는 개념 자체가 없는 데서 비롯된 것으로 보인다. 어린이들은 제목 붙이기를 그다지 고민하지 않는다는 것이 특징적인 현상이다. 대개 제목을 먼저 붙여 놓고는 일사천리로 시를 써 내려가고 있는데, 그럼에도 제목과 영 동떨어진 내용의 시가 되거나 시와 상관없는 제목이 붙여지는 법이 별로 없다는 것이 신기한 일이다. 특히 저학년에서 그렇다.

시적 언어

　일상 언어라도 시에 와서 쓰이면 그것이 곧 시어이다. 그러나 시에 쓰인다고 모두 시어가 되는 것이 아니라 시적 맥락에 놓였을 때 비로소 시어가 된다.

　'저 우주 안을 감히 범접하진 못하리라 // 얼마나 낮추어 작아지면 내 생도 / 저처럼 온전히 받쳐 들 수 있으랴 // 발아래 우산이끼를 우러르다'와 같은 시 구절이 있다 치자. 여기서 쓰인 주요 시어는 '우주', '범접하다', '낮추다', '작아지다', '생生', '받쳐 들다', '발', '우산이끼', '우러르다' 따위다. 이 가운데 일상용어로 쓰지 않는 말은 없다. 따라서 개별 어휘로서는 지시 기능을 가진 일상용어라 할 수 있지만, 이렇게 시에 들어와 시적인 맥락 속에 놓였을 때에는 시어가 된다. 시적 맥락 속에서 시어로서 역할하며 상호작용하는 가운데, 시적 의미망을 구축하며 '시적인 표현'으로 나타나는 것이다.

이 시는 시에서도 상투적이 되다시피 한 구어체에 대해 '상투적인 문어체'로서 일탈을 시도하고 있다. 이렇게 우산이끼의 그 작은 몸에서 크나큰 우주를 보며 삶의 경이로움과 경건함을 느끼는 순간을 표현하기엔 문어체가 더 효과적일 수도 있다. 그리고 우산이끼를 마주쳤던 일은 과거의 개인적인 경험이겠지만 그 경탄과 자못 엄숙함의 순간을 어찌 서사적으로 추억만 할 수 있을 것인가. 그리고 이 시는 '우러른다' 혹은 '우러러본다'도 아닌 '우러르다'로 시제 자체를 해제해 버렸다. 바로 시에서의 시제의 문제다. 물론 이는 모두 언어로서 이루어지는 일이다.

1. 시어

어린이시의 시어는 거의가 어린이들의 일상용어다. 다만, 학년이 올라가면서 시에서 감각적인 언어, 즉 흉내 내는 말들이 빈번히 나타난다. 학교 교육의 영향이다. 그러나 이 감각적인 말들이 때로는 시에 생동감을 불어넣기도 하지만, 빈번하면 '감정의 과잉'과 마찬가지로 '감각의 과잉'을 노출하여 의미를 제한하고, 다양할 수밖에 없는 감각을 규범화해서 오히려 시를 상투적으로 만든다. 이오덕이 지적한 대로 시가 시 정신을 갖지 못하고 '말장난'[*]이 될 수도 있다는 말이다.

어린이시에서 어떤 시어가 주로 쓰이느냐보다 어린이시에 나타난 사투리, 은어 등의 일탈 언어와 시적 문맥이 어떤 연관성을 가지는지 살피는 게 더 의미 있는 일이다. 일탈 언어란 말 그대로 규범적인 언어에서 일탈한 언어를 말한다. 언어에서 일탈의 단위는 대개 어휘나 문장이 될 것이다. 어린이시를 관찰한 결과 일탈 언어는 고학년으로 올라갈수록 줄어들고 있는데 이는 학교 교육에 따라 점점 규범적인 언어를 익혀 가기 때문이다.

시어의 관점에서 일탈 언어를 어떻게 바라보아야 할까. 시의 언어는 일정한 규범이나 인위적인 형식에 매일 것이 아니라 자연발생적이고 자유스러운 것이어야 한다는 것이 근대 문학의 시관이다. 그래서 오히려 시의 언어는 규범적인 언어로부터 끊임없는 일탈을 그 본질, 혹은 속성으로 하고 있다고 볼 수 있다.

규범화된 감각적인 언어보다 '사투리가 어린이시를 어린이시답게 한다'는 것은 일찍이 이오덕도 주장한 바 있다. 당장 다음과 같은 어린이시 사례에서도 어린이들이 그들의 생활 속에서 그들이 직접 쓰는 말을 그대로 부려 씀으로써 시를 얼마나 풍족하게 하고 실

---

* '말장난'과 '말놀이'는 다르다. 단적으로 표현하면, 앞엣것은 말에 대한 애정이 없이 말의 의미와 가치를 해체하는 일이고, 반면 '말놀이'는 말의 진정한 의미를 즐기며 이를 확장하는 일이다.

감 나게 하는지 알 수 있다. 물론 이런 사투리도 그 자체로서 가치를 가진다기보다 시적 맥락에 놓일 때 시어로서 그 진가를 더욱 발휘하게 된다.

> 학원 갔다오면 숙제
> 잠잘 때까지 숙제
> 진짜 힘든 숙제
> "고마, 미~치겠다!"
>
> _2학년 어린이시, 「숙제」

> 학교 장난이
> 알림장에
> 적혔다.
> 우리반은 뒤집어
> 졌다.
>
> _3학년 어린이시, 「장난」

「숙제」는 단 하나의 사투리를 적절한 위치에서 구사함으로써 일순 시에 생기가 돌고, 독자에게 안도의 한숨을 내쉬게 하는 동시에 웃음을 짓게 한다. 바로 '고마'라는 사투리 때문이다. 만약 이 시에서 이 한마디의 사투리가 없었더라면, 그리고 '고마'가 '그만'으로 대체되었다면, 시는 너무 싱겁게 되어 버리고, '미치겠다'는 어린이의 고백 앞에서 답답하고 고통스럽기만 했을 터이다. 그러나 이 '고마'라는 일탈 언어가 이런 '평이함'에 대한 불만과 동시에 갖게 되는 죄책감에 따른 '우울함'을 일시에 재미와 유쾌함으로 전복시켜 버린 것이다. 그렇다고 해서 이 어린이의 '숙제'에 대한 고민을 그냥 재미로 웃어넘길 일은 아니다.

시의 언어는 바로 의미에 대한 전복, 그리고 규범적인 언어에서의 일탈 언어라고 앞서 밝힌 바 있다. 「장난」은 요즘의 세태적인 은어, 즉 '뒤집어졌다'라는 말로 시는 물론 읽는 독자로 하여금 일거에 '뒤집어지게' 만든 경우다.

어린이들은 그들 고유의 언어로 교사들에 의해 줄기차게 강요되는 학교 방언을 뒤집어 버리며 언어의 직접적인 아름다움과 말의 선명함을 지켜 가고 있는 놀라운 존재들임을 새삼 확인하게 된다.

문장 단위의 일탈 현상을 짚어 보자.

바다는 넓다.
바다에는 숨이 없다.
바다에는 물고기가 많다.
바다에는 숨는게 많다.

바다에는 모래도 많다.

바다에서 뽀득뽀득 소리가 난다.

_1학년 어린이시, 「여러 바다」

매미는 아침

부터매암매암

해서목이아프겠

다나는매미

가너무아프까

바나라주었다

나는잡고싶었다

_1학년 어린이시, 「할머니집 매미」

엄마는 일쟁이

엄마는 일쟁이

엄마는 일쟁이

엄마 안녕

_1학년 어린이시, 「엄마」

어린이시, 특히 1학년의 시에서 문장의 일탈 현상을 보는 일은 흔한 일이다. 단순히 틀린 문장을 보는 일이 아니라 매우 시적인 일탈 현상을 볼 수 있다. 이것이 어린이시를 읽는 또 하나의 재미다.

「여러 바다」의 '바다에는 숨이 없다.'라는 문장이 우선 일탈한 문장이다. 이 문장의 원래 규범적인 의미 맥락은 '바다에서는 숨을 쉴 수가 없다'일 테다. 그런데 이 어린이는 '숨'의 주체를 바다의 것으로 돌려놓음으로 해서 바다와 자아를 동일화시켰다. 이렇게 '융합형 자아'의 동일화는 거의 반사적이고 무조건적이다. 그래서 시의 중의성을 한층 높이며 그 문장을 시적으로 만드는 것이다. '바다에는 숨는 게 많다.'도 마찬가지다. 이 문장도 규범적으로 추측하면 '바다에는 숨어 있는 것이 많다'가 맞겠지만, 이렇게 되면 문장이 얼마나 평이해지고, 따라서 독자의 시적 상상력을 제한할 것인가.

「할머니집 매미」에서는 마지막 행 '나는잡고싶었다'가 이 시 전체의 맥락에서 일탈이다. 매미가 불쌍해서 스스로 날려 보냈는데 또 잡고 싶다니, 어린이의 마음이기 때문에 그렇다. 어린이들은 이렇듯 마냥 천사만도 아니다.

「엄마」도 마지막 한 행으로 평이함과 상투성을 일거에 전복시켜 버렸다. 이 시에서 이 행만 없었다면, 이오덕의 지적대로 '쟁이'형 시로 낙인찍혀 버리고 말았을 테지만, 이 한마디가 앞의 모든 행들에 생명을 불어넣으면서, 읽는 이의 코끝을 찡하게 만들어 놓는다. 이 어린이는 매일 일만 하고 자기와 놀아 주지도 않는 엄마가 원망스럽기도 하지만, 그래도 엄마를 끔찍이 사랑하고, 지금 그 엄마가 보고 싶은 것이다. '엄마 안녕' 이 말 외에 이 어린이가 표현할 수 있는 말이 뭐가 있을 수 있을까. 이게 어린이시다.

어린이시에 나타나는 이러한 문장의 일탈들은 단순한 언어상의 오류나 미숙이 아니라 세계를 그렇게 봄으로써 나타나는 자연스러운 현상이다.

2. 시제

시에 나타난 시제는 단순히 물리적인 시간이 아니라 대상과 만나는 경험의 시간이 현재화된 시간, 즉 언술된 시간의 시제다. 요컨대 시의 속성, 또는 시 정신의 결과적인 언어 현상이 바로 시에서의 시제다. 이렇게 언어로 실현된 현재 시제는 독자와 만남에서도 현재적인 상황을 조성하여 시적 교감을 더욱 생생하게 하는 것이다. 그래서 시에 표현된 시제를 단순히 물리적인 시간을 처리하는 문법적 시제의 개념에서 보아서는 안 된다.

시의 시제는 본질적으로 현재형이다. 시는 경험의 순간, 즉 대상과 만나는 그 순간의 인상과 감정을 표현하는 문학 갈래이기 때문이다. 이 '순간'에서는 시간의 경과나 공간의 이동이 불가능하다. 그래서 과거의 경험의 시간도 현재화되고, 미래의 가상적인 경험의 순간도 현재화된다. 또한 다른 경험의 공간도 현재의 경험의 공간에 와서 현재화된다. 엄밀히 따지자면, 이 현재라 함은 경험의 순간, 또는 기억 속의 경험의 순간이 아니라 기억하는 순간, 즉 시를 쓰는 순간의 현재다. 만약 시가 경험의 순간을 포착하는 것이라 할지라도 언술하는 시간에서 보면 과거가 될 수도 있기 때문이다. 시인은 시를 쓰는 순간에 다시 대상과 만나게 되는 것이며, 그 순간의 자아와 대상의 조우, 즉 경험이 언어로 형상화되어 나타나는 것이 바로 시다. 그래서 과거 경험의 시간도 시에서 모두 현재의 시간이 되는 것이다. 실제 경험의 순간이 아니라 언술의 시간이 현재가 된다는 점이 시의 시제가 현재형을 취할 수밖에 없는 본질적인 이유다.

언술하는 그 시간에 만나는 시의 대상은 꼭 구상체가 아니라 추상체일 수도 있다. 또한 시의 대상과 자아가 조우하는 이 경험은 시인의 실제 경험이 시적 상황으로 가공된 것일 수도 있고 오롯이 허구적 경험일 수도 있다. 바로 이 점 때문에 시를 창조적 언술 행위의 결과로 보아 창작품으로 취급하는 것이다. 마찬가지 이유로 만약 실제 경험을 아무런 시적 가공 없이 그대로 옮겼다면, 이건 시가 아니라 논픽션이나 현장 보고서가 되어 문학으로 취급받지 못한다. 이것이 일반적인 통념이다. 그러나 우리가 간과하는 부분이 있다. 바로 존재의 양상, 혹은 실제 상황 그 자체로서 시적 상황이 되는 경우가 있다는 것이다. 실제로 시인의 시가 많은 경우 이 시적 상황을 포착하는 데서 탄생한다. 그래서 시인을 창조자라기보다 발견자로 보는 시각이 있는 것이다.

본질적으로 시는 경험의 산물이라기보다 상상의 산물이다. 그래서 시에서 시적 상상력이 강조되는 것이다. 시적 상상력이 없이는 경험을 가공할 수도 없고, 실재하는 시적 상황을 발견할 수도 없으며 더구나 시적 언어로 형상화할 수도 없다.

시적 상상력, 혹은 시 정신이 바로 자아와 세계가 융화적으로 조응하는, 곧 동일화 정신이다. 이 동일성과 현재성, 집중성이 아동성의 본질임을 상기한다면 어린이시가 대부분 현재시제를 택하고 있는 점은 필연적인 현상인 것이다.

어린이시가 현재형 시제를 취하고 있는 것은 시가 본디 가지는 속성에서도 기인할 뿐만 아니라, 어린이의 고유한 의식 특징인 반응적 자기중심성에 의한 동일성에서 비롯된 결과이다. 그렇다면 1학년 어린이가 현재 시제를 취하는 비율이 더욱 높아야 할 것인데도 거의 비슷하거나 오히려 낮은 비율을 보이는 것은 시의 시제의 측면이라기보다 물리적인 시간 처리, 곧 규범적인 시제의 문법적 처리의 미숙에서 생긴 결과로 보인다.

시의 시제는 물리적 시간 개념이 아니라 경험적 개념의 시제다.

그 경험의 순간이 현재가 되는 것이다. 그 경험을 언어로 현재화하는 과정에서 이제는 규범적 시제로 처리해야 하는데, 이 부분이 능숙하지 못하다는 뜻이다. 그래서 시적으로는 크게 의미를 둬야 할 것으로는 보이지 않으며, 오히려 중학년에서 꽤 많은 어린이들이 과거형 시제를 취하고 있는 점에 주목할 필요가 있다. 다음 시와 같은 경우다.

혜진이가 봄에 전학을 간다고 내한테 말을 했다.
나는 조금 마음이 섭섭했다.
왜냐하면 혜진이가 있을때는 정말 즐거웠기 때문이다.
혜진이한테 이렇게 말했다.
"잘됐네."라고 장난을 쳤다.
혜진이가 미소를 지으면서 웃었다.
입만 찡그릴 뿐이다.
나는 편지에서 혜진아 전학 안가면 안되니?
하고 편지에 썼다.

_3학년 어린이시, 「혜진이가 전학을 간다」

보다시피, 이 시에서는 '말을 했다', '섭섭했다', '장난을 쳤다', '편지에 썼다'처럼 과거형 시제가 주조를 이룬다. 왜 그럴까. 이 어린이는 경험 시점과 서술 시점을 일치시키지 않았기 때문이다. 즉 이미 있었던 경험을 현재 시를 쓰는 시점의 경험으로 현재화시키지 않아서 그렇다. 그래서 서술 시점에서 과거의 경험을 단지 기억하다 보니 사건을 시간에 따라 순차적으로 기억하게 되고, 당연히 줄거리가 생겨 서사문이 되어 버린 것이다. 시간의 경과, 즉 서사를 가지면 시의 속성인 동일성, 현재성, 집중성은 와해될 수밖에 없다. 이 시가 산문적인 감동은 줄지언정 시적 감동은 주지 못한다는 것은 이렇게 글을 고쳐 보면 뚜렷해진다.

혜진이가 봄에 전학을 간다고 내한테 말을 했다. 나는 조금 마음이 섭섭했다. 왜냐하면 혜진이가 있을때는 정말 즐거웠기 때문이다. 혜진이한테 이렇게 말했다. "잘됐네."라고 장난을 쳤다. 혜진이가 미소를 지으면서 웃었다. 입만 찡그릴 뿐이다. 나는 편지에서 혜진아 전학 안가면 안되니? 하고 편지에 썼다.

이렇듯 영락없이 산문이 되고 마는 것은 이 시기 어린이들의 사고 특징이 분산적 사고, 즉 산문적 사고를 하기 때문이다. 그렇다고 아직 추상적이고 개념적인 사고를 할 수 있는 단계도 아니다. 이 시기 어린이들의 시에서 유달리 산문성이 두드러지고, 현재 시제가 파괴되고 있는 현상은 결코 우연이 아닌 것이다. 물론 그렇다고 나무

랄 일은 전혀 아니며, 다만 시 쓰기 지도에서 중요한 시사점으로 챙겨야 할 부분이다.

어린이시를 통해 엿본 어린이와 시의 비밀

임미성/시인·국어교육학 박사

1

무엇을 할까 그래 장난감 가지고 놀자

근데 시시 할것 갔다 그래 그 놀이를

하자 그놀이는 꼭꼭 숨어라야 근데

친구가 없내 어~ 그러면 않이야

그양 친구내 집에 집접가서 놀아야겠다.

않돼 친구내집에 가면 않될걸

엄마가그러실거야 않놀아야

지그야잘래그럼 안녕

_1학년 어린이시, 「무엇을 할까」

"……동화가 진행되는 과정에서 '엄마'라는 억압기제가 나타난다. 어린이정신분석학의 창시자라 불리는 안나 프로이트의 정신분석 개념에 따르면 실상, '엄마'라는 존재에 의해 가해진 '억압'은 외부 기제가 아니라 이 시를 쓴 어린이 자아의 내부방어기제에 해당한다. 이 어린이는 '친구네 집에 가서 놀이를 하고 싶은' 원본능을 '억압'이라는 자기방어기제를 가지고 억누른 것이다. 물론 이를 억제한 것은 엄마가 아니라 어린이 자신의 자아다. 이 어린이는 자아 내면의 동화, 조절을 통해 평형화를 유지한 것이다. 그 결과가 바로 "안 놀아야지. 그냥 잘래."라는 표현이다.

여기서 매우 흥미로운 지점이 있다. "그럼 안녕"이란 끝부분인데, 누가 누구에게 '안녕'이라고 말하는 것인가? 바로 어린이의 자아가 자아에게 한 말이다."

단순하기도 하고 엉뚱하기도 한, 도무지 시라고 보기엔 시적 형상화가 전혀 되어 있지 않은 듯한 이 한 편의 어린이시를 읽는 데에도 지은이는 시학, 교육학, 심리학, 아동학, 언어학을 넘나드는 이론과 주요 개념들을 자유로이 부려 쓰고 있다.

이 정도는 돼야 초등교육전문가라 자부할 수 있지 않겠는가. 실제 지은이는 초등교사의 전문성이 교과 지식의 이해에 있는 것이 아니라 초등교육 대상인 아동에 대한 이해에 있다고 역설한다. 이 책의 원고를 읽는 내내 동감과 부끄러움을 동반한 이유가 바로 여기에 있다. 지금까지 시를 쓰고 20년 넘게 초등학교에서 아이들을 가르쳐 오면서 정작 시와 어린이에 대해 너무 몰랐다는 사실이 부끄러웠고 어린이와 시에 대한 최초의 현장 연구 보고서라 할 만한 지은이의 새로운 '어린이시론'에 크게 공감하지 않을 수 없었기 때문이다.

2

먼저 이 책의 교정 원고와 함께 보내온 지은이의 박사학위 논문인 『어린이시의 생성심리와 표현상의 특징』을 읽었다. 그는 이 논문에서 지금까지의 어린이문학, 어린이문학교육과 관련한 여러 논점들을 문학, 교육학, 아동심리학, 언어학을 아우르는 해박한 이론과 오랜 글쓰기 경험을 바탕으로 '어린이시론'을 전문가가 아닌 일반인들도 솔깃해지도록 정리해 냈다. 학위 논문이라고는 믿기 어려우리만치 시종 쉽고 명쾌한 논리로 눈길을 사로잡는다.

초등교사로서도 시인으로서도 어린이문학평론가로서도 나보다 한참이나 선배인 지은이가 이 책을 추천하는 글을 무명의 후배에게 청탁한 이유는 분명해 보인다. 아니, 추천 글을 청탁하면서 미리 내게 그 이유를 분명히 밝혀 주었다. 같은 길을 걸어온 초등교사로서, 창작자로서, 국어교육학 전공자로서 이 책의 원고를 먼저 읽고 그 유용성과 한계를 밝혀서 독자들에게 도움이 될 수 있는, 이를테면 길라잡이 글을 써 달라는 것이었다.

결론부터 말하면 이 책은 어린이시의 분석을 통해 어린이시에 내재한 아동성을 임상적으로 파악하고, 그 표현상의 특징을 통찰하여 제시함으로써 교사들은 물론 학부모나 어린이문학 창작자들에게도 어린이를 이해하는 매우 유용하고도 실질적인 자료와 정보를 제공하리라는 것이다.

지은이는 논문에서 어린이문학, 그리고 어린이문학교육과 관련한 논의와 담론이 척박함을 지적하며, 현재까지 이 분야의 선구자적 위치를 차지하고 있는 이오덕의 이론을 비판적으로 검토하는 가운데 어린이문학교육, 특히 어린이시교육과 관련하여 몇 가지 중요한 사항을 제안하고 있다.

먼저 그는 어른이 쓰는 '동시'와 어린이가 직접 쓰는 '어린이시'를 구분하는 것을 전제로 하여 어린이시의 개념을 '어린이 스스로 아동성을 살려 쓴 시'로 규정하자고 했다. 지금까지는 동시와 어린이시의 구분조차 명확하지 않았으며, 이를 구분하는 사람들도 어린이시를 '아동시'라는 이름으로 '어린이가 직접 쓴 시' 정도로 규정하고 있었기 때문이다. 그래서 지은이는 실제 어린이시의 분석을 통해 아동성의 속성을 '동일성' '현재성' '집중성'으로 파악하고 이는 시의 원리와 정확히 일치한다고 보고 있다. 그래서 어린이들이 아동성에 따라 쓰는 글은 모두 시가 된다고 하며 당연히 어린이문학에 '어린이를 위한 문학'뿐만 아니라 '어린이에 의한 문학'도 포함시킬 것을 주장한다.

또한 지은이는 이런 논리로 현재의 '어린이를 위한 문학을 가르치는 교육' 예컨대 동시 교육, 동화 교육뿐만 아니라 '어린이가 스스로 쓰는 문학을 도와주는 교육'까지 포함하여 국어교육과정을 재편할 것을 제안하고 있다. 그래야 어린이들이 직접 쓰는 쓰기·창작교육을 학교 교육을 통해 실행할 수 있는 근거가 마련된다고 보았기 때문이다.

다음으로 그는 현재 산문에서 운문으로 진행되고 있는 쓰기·창작 프로그램을 운문에서 산문으로 이행하는 프로그램으로 바꿔야 한다고 주장한다. 어린이의 사고는 운문적 사고에서 산문적 사고로 발달한다고 파악한 데 따른 것이다. 그래서 그는 초등학교 저학년에서는 어린이시쓰기를 중심으로 한 운문교육을, 중학년 이후부터는 산문쓰기를 중점적으로 교육할 것을 제안한다.

이 논문을 쓰기 위해 지은이는 전국적으로 1만여 편에 이르는 어린이시를 수집하여 이 가운데 어른들이 개입한 것으로 추정되는 작품을 모두 제외하고 아동성이 그대로 살아 있는 것으로 판단되는 최종 535편을 사례로 하여 '아동성'을 분석하고 있는데, 이 어린이시들은 논문에 부록으로 실려 있다.

3

이 책의 첫 번째 장에서는 어린이시를 읽는 세 개의 코드, 즉 어린이시를 읽는 데 필요한 주요 개념과 용어에 대해 설명하고 있다.

'어린이시', '아동성', '시성'이 그것이다. 앞서 언급했듯이 지은이는 어린이시를 '어린이 스스로 아동성에 따라 쓴 시'로 정의한다. 일반적으로 아동시, 또는 어린이시를 '어린이가 직접 쓴 시'로 정의하는 것에 비해 아동성이란 전제조건을 하나 더 달고 있는데, '아동성'을 아동시가 갖추어야 할 또 하나의 부수적인 조건 정도가 아니라 반드시 갖추어야 할 필수조건으로 인식하고 있는 것이다. 이런 입장에서는 비록 어린이가 쓴 시라도 아동성을 따르지 않고 어른이 쓴 동시를 모방한 시는 어린이시가 될 수 없다. 지은이는 이런 시를 동시 모작 또는 동시 습작으로 취급한다.

이 연구에서는 동심과 아동성은 분명히 구분된다고 설명하고 있다. 동심이 다분히 문학적 관점에서 아동에 대해 어른들이 유추한 주관적인 견해인 데 비해 아동성은 어린이에게만 있는 어린이만의 고유한 인지 특성이자 성향이라는 것이다.

지은이는 초등교사로서 현장에서 익힌 경험에 더하여 피아제와 비고츠키 등의 인지 발달 이론을 분석하여 아동성을 크게 동일성, 현재성(평면성), 집중성으로 파악한다. 자아와 대상을 동일체로 보는 동일성, 모든 시간을 현재화하고 평면적으로 인식하는 현재성, 지각의 중심에 놓인 것에 집중하고 몰두하는 의식 성향인 집중성을 시의 속성, 즉 시성이라고 보는데 '어린이는 모두가 시인'이라고 하는 것은 아동성 자체가 바로 시성과 상통하기 때문이라고 말한다.

두 번째 장에서 네 번째 장까지는 어린이시를 직접적인 사례로 삼아 어린이시에 나타나는 어린이들의 심리를 '자아의식', '관계 인식', '언어 심리'로 범주화하여 살피고 있으며 다섯 번째 장에서는 어린이시에 나타나는 표현상의 특징을 '시적 자아', '시의 형식', '주제와 소재', '시적 언어 표현' 등의 측면에서 다각적으로 분석하고 있다. 특히 지은이는 어린이의 자아의식, 관계 인식, 언어 심리를 학년 단계별로 아동 발달 이론을 접목하여 통시적으로 살펴보고 있는데, 이는 어린이시쓰기 방법론을 교육과정화하는 데 중요한 단서를 제공할 것으로 기대된다.

이 논문의 제목이 밝히고 있는 대로 어린이시의 생성심리와 표현 상의 특징을 파악하는 과정은 바로 시창작교육의 원리와 방법을 탐색하는 과정이다. 지은이가 논의의 사이사이 창작의 원리와 방법을 암시하고, 때로는 꽤 명시적으로 제시하기도 한 이유가 바로 여기에 있는 것으로 보인다.

4

『어린이와 시』의 연구 성과와 가치는 무엇보다 문학의 영역으로서 '시'의 속성과 '어린이'의 속성을 함께 살핀 데 있다. 이는 초등 문학 교육, 특히 이미 교육과정으로 수렴하고 있는 어린이시쓰기의 방법론을 세우는 데 중요한 단서를 제공할 매우 중요하고도 필요한 작업이다. 누군가는 해야 할, 그러나 누구도 쉬 엄두를 낼 수 없었던 이 일은 지은이가 30년 경력의 초등교사에 시와 평론을 아우르는 창작자이면서 교육학을 전공한 연구자이기에 가능했을 것이다. 최초의 '어린이시론서'로 어린이에 대한 이해와 어린이시 읽기의 새로운 시각을 제공하고 있는 이 책의 또 다른 미덕이자 강점은 내용뿐만 아니라 비문이라곤 거의 찾아볼 수 없는 짧고, 쉽고, 명료한 문장으로 글쓰기의 전범을 보여 주고 있다는 것이다.

　이 책의 원고를 먼저 읽은 사람으로서 『어린이와 시』를 읽게 될 독자들을 상상해 본다. 어린이들에게 시를 가르쳐야 하는 초등교사라면 시와 어린이에 대한 더욱 깊어진 이해와 새로운 시각으로 시 쓰기 지도를 할 수 있게 될 것이다. 초등교사에게 가장 어려운 일이 문학교육, 그중에서도 시 쓰기 교육이라는 점을 감안하면 아무래도 이 연구의 가장 큰 수혜자는 초등교사나 예비 초등교사들일 것 같다. 그리고 어린이시 연구자라면 방대하게 집적된 어린이시 자료를 통해 또 다른 어린이시 연구의 발판으로 삼을 수 있을 것이다. 또한 동시 창작자들은 우리 어른들은 이미 잃어버린 동심의 원형, 어린이다움에 대해 새롭게 인식하는 계기가 될 수 있을 것이다.

아무쪼록 이 책을 읽는 독자들이 어린이시를 통해 '어린이'와 '시'의 비밀에 한걸음 더 다가가길 기대한다.

삶의 행복을 꿈꾸는 교육은
어디에서 오는가? 미래 100년을 향한 새로운 교육

혁신교육을 실천하는 교사들의 필독서

▶ 교육혁명을 앞당기는 배움책 이야기
혁신교육의 철학과 잉걸진 미래를 만나다!

 핀란드 교육혁명
한국교육연구네트워크 총서 01 | 320쪽 | 값 15,000원

 일제고사를 넘어서
한국교육연구네트워크 총서 02 | 284쪽 | 값 13,000원

 새로운 사회를 여는 교육혁명
한국교육연구네트워크 총서 03 | 380쪽 | 값 17,000원

 교장제도 혁명
한국교육연구네트워크 총서 04 | 268쪽 | 값 14,000원

 새로운 사회를 여는 교육자치 혁명
한국교육연구네트워크 총서 05 | 312쪽 | 값 15,000원

 혁신학교에 대한 교육학적 성찰
한국교육연구네트워크 총서 06 | 308쪽 | 값 15,000원

 혁신학교
성열관·이순철 지음 | 224쪽 | 값 12,000원

 행복한 혁신학교 만들기
초등교육과정연구모임 지음 | 264쪽 | 값 13,000원

 서울형 혁신학교 이야기
이부영 지음 | 320쪽 | 값 15,000원

 혁신교육, 철학을 만나다
브렌트 데이비스·데니스 수마라 지음
현인철·서용선 옮김 | 304쪽 | 값 15,000원

 혁신교육 존 듀이에게 묻다
서용선 지음 | 292쪽 | 값 14,000원

 다시 읽는 조선 교육사
이만규 지음 | 750쪽 | 값 33,000원

 프레이리와 교육
한국교육연구네트워크 번역 총서 01
존 엘리아스 지음 | 한국교육연구네트워크 옮김
276쪽 | 값 14,000원

 교육은 사회를 바꿀 수 있을까?
한국교육연구네트워크 번역 총서 02
마이클 애플 지음 | 강희룡·김선우·박원순·이형빈 옮김
352쪽 | 값 16,000원

 **비판적 페다고지는
세상을 변화시킬 수 있는가?**
한국교육연구네트워크 번역 총서 03
Seewha Cho 지음 | 심성보·조시화 옮김 | 280쪽 | 값 14,000원

 마이클 애플의 민주학교
한국교육연구네트워크 번역 총서 04
마이클 애플·제임스 빈 엮음 | 강희룡 옮김 | 276쪽 | 값 14,000원

 미래교육의 열쇠, 창의적 문화교육
심광현·노명우·강정석 지음 | 368쪽 | 값 16,000원

대한민국 교사, 어떻게 가르칠 것인가?
윤성관 지음 | 320쪽 | 값 15,000원

 아이들을 어떻게 가르칠 것인가
사토 마나부 지음 | 박찬영 옮김 | 232쪽 | 값 13,000원

 아이들의 배움은 어떻게 깊어지는가
이시이 준지 지음 | 방지현·이창희 옮김 | 200쪽 | 값 11,000원

 모두를 위한 국제이해교육
한국국제이해교육학회 지음 | 364쪽 | 값 16,000원
2015 세종도서 학술부문

 경쟁을 넘어 발달 교육으로
현광일 지음 | 288쪽 | 값 14,000원

 독일 교육, 왜 강한가?
박성희 지음 | 324쪽 | 값 15,000원

 대한민국 교육혁명
교육혁명공동행동 연구위원회 지음 | 224쪽 | 값 12,000원

▶ 비고츠키 선집 시리즈
발달과 협력의 교육학 어떻게 읽을 것인가?

생각과 말
레프 세묘노비치 비고츠키 지음
배희철·김용호·D. 켈로그 옮김 | 690쪽 | 값 33,000원

성장과 분화
L.S. 비고츠키 지음 | 비고츠키 연구회 옮김
308쪽 | 값 15,000원

도구와 기호
비고츠키·루리야 지음 | 비고츠키 연구회 옮김
336쪽 | 값 16,000원

의식과 숙달
L.S 비고츠키 | 비고츠키 연구회 옮김
348쪽 | 값 17,000원

어린이 자기행동숙달의 역사와 발달 I
L.S. 비고츠키 지음 | 비고츠키 연구회 옮김
564쪽 | 값 28,000원

관계의 교육학, 비고츠키
진보교육연구소 비고츠키교육학실천연구모임 지음
300쪽 | 값 15,000원

어린이 자기행동숙달의 역사와 발달 II
L.S. 비고츠키 지음 | 비고츠키 연구회 옮김
552쪽 | 값 28,000원

비고츠키 생각과 말 쉽게 읽기
진보교육연구소 비고츠키교육학실천연구모임 지음
316쪽 | 값 15,000원

어린이의 상상과 창조
L.S. 비고츠키 지음 | 비고츠키 연구회 옮김
280쪽 | 값 15,000원

비고츠키와 인지 발달의 비밀
A.R. 루리야 지음 | 배희철 옮김 | 280쪽 | 값 15,000원

연령과 위기
L.S. 비고츠키 지음 | 비고츠키 연구회 옮김
336쪽 | 값 17,000원

수업과 수업 사이
비고츠키 연구회 지음 | 196쪽 | 값 12,000원

▶ 평화샘 프로젝트 매뉴얼 시리즈
학교 폭력에 대한 근본적인 예방과 대책을 찾는다

학교 폭력 어떻게 만들어지는가
문재현 외 지음 | 300쪽 | 값 14,000원

아이들을 살리는 동네
문재현·신동명·김수동 지음 | 204쪽 | 값 10,000원

학교 폭력, 멈춰!
문재현 외 지음 | 348쪽 | 값 15,000원

평화! 행복한 학교의 시작
문재현 외 지음 | 252쪽 | 값 12,000원

왕따, 이렇게 해결할 수 있다
문재현 외 지음 | 236쪽 | 값 12,000원

마을에 배움의 길이 있다
문재현 지음 | 208쪽 | 값 10,000원

젊은 부모를 위한 백만 년의 육아 슬기
문재현 지음 | 248쪽 | 값 13,000원

▶ 교과서 밖에서 만나는 역사 교실
상식이 통하는 살아 있는 역사를 만나다

전봉준과 동학농민혁명
조광환 지음 | 336쪽 | 값 15,000원

교과서 밖에서 배우는 역사 공부
정은교 지음 | 292쪽 | 값 14,000원

남도의 기억을 걷다
노성태 지음 | 344쪽 | 값 14,000원

팔만대장경도 모르면 빨래판이다
전병철 지음 | 360쪽 | 값 16,000원

응답하라 한국사 1·2
김은석 지음 | 356쪽·368쪽 | 각권 값 15,000원

빨래판도 잘 보면 팔만대장경이다
전병철 지음 | 360쪽 | 값 16,000원

즐거운 국사수업 32강
김남선 지음 | 280쪽 | 값 11,000원

영화는 역사다
강성률 지음 | 288쪽 | 값 13,000원

즐거운 세계사 수업
김은석 지음 | 328쪽 | 값 13,000원

친일 영화의 해부학
강성률 지음 | 264쪽 | 값 15,000원

강화도의 기억을 걷다
최보길 지음 | 276쪽 | 값 14,000원

한국 고대사의 비밀
김은석 지음 | 304쪽 | 값 13,000원

광주의 기억을 걷다
노성태 지음 | 348쪽 | 값 15,000원

조선족 근현대 교육사
정미량 지음 | 320쪽 | 값 15,000원

**선생님도 궁금해하는
한국사의 비밀 20가지**
김은석 지음 | 312쪽 | 값 15,000원

다시 읽는 조선근대교육의 사상과 운동
윤건차 지음 | 이명실·심성보 옮김 | 516쪽 | 값 25,000원

걸림돌
키르스텐 세룹-빌펠트 지음 | 문봉애 옮김
248쪽 | 값 13,000원

음악과 함께 떠나는 세계의 혁명 이야기
조광환 지음 | 292쪽 | 값 15,000원

역사 수업을 부탁해
열 사람의 한 걸음 지음 | 392쪽 | 값 17,000원

▶ 창의적인 협력수업을 지향하는 삶이 있는 국어 교실
우리말 글을 배우며 세상을 배운다

중학교 국어 수업 어떻게 할 것인가?
김미경 지음 | 340쪽 | 값 15,000원

이야기 꽃 1
박용성 엮어 지음 | 276쪽 | 값 9,800원

토론의 숲에서 나를 만나다
명혜정 엮음 | 312쪽 | 값 15,000원

이야기 꽃 2
박용성 엮어 지음 | 294쪽 | 값 13,000원

토닥토닥 토론해요
명혜정·이명선·조선미 엮음 | 288쪽 | 값 15,000원

인문학의 숲을 거니는 토론 수업
순천국어교사모임 엮음 | 308쪽 | 값 15,000원

어린이와 시
오인태 지음 | 192쪽 | 값 12,000원

▶ 4·16, 질문이 있는 교실 마주이야기
통합수업으로 혁신교육과정을 재구성하다!

통하는 공부
김태호·김형우·이경석·심우근·허진만 지음
324쪽 | 값 15,000원

내일 수업 어떻게 하지?
아이함께 지음 | 300쪽 | 값 15,000원
2015 세종도서 교양부문

인간 회복의 교육
성래운 지음 | 260쪽 | 값 13,000원

교과서 너머 교육과정 마주하기
이윤미 외 지음 | 368쪽 | 값 17,000원

수업 고수들 수업·교육과정·평가를 말하다
박현숙 외 지음 | 368쪽 | 값 17,000원

도덕 수업, 책으로 묻고 윤리로 답하다
울산도덕교사모임 지음 | 320쪽 | 값 15,000원

체육 교사, 수업을 말하다
전용진 지음 | 304쪽 | 값 15,000원

교실을 위한 프레이리
아이러 쇼어 엮음 | 사람대사람 옮김 | 412쪽 | 값 18,000원

마을교육공동체란 무엇인가?
서용선 외 지음 | 360쪽 | 값 17,000원

21세기 교육과 민주주의
한국교육연구네트워크 번역 총서 05
넬 나딩스 지음 | 심성보 옮김 | 392쪽 | 값 18,000원
2016 세종도서 학술부문

교사, 학교를 바꾸다
정진화 지음 | 372쪽 | 값 17,000원

함께 배움
학생 주도 배움 중심 수업 이렇게 한다
니시카와 준 지음 | 백경석 옮김 | 280쪽 | 값 15,000원

공교육은 왜?
홍섭근 지음 | 352쪽 | 값 16,000원

자기혁신과 공동의 성장을 위한
교사들의 필리버스터
윤양수·원종희·장군·조경삼 지음 | 280쪽 | 값 14,000원

함께 배움 이렇게 시작한다
니시카와 준 지음 | 백경석 옮김 | 196쪽 | 값 12,000원

주제통합수업, 아이들을 수업의 주인공으로!
이윤미 외 지음 | 392쪽 | 값 17,000원

수업과 교육의 지평을 확장하는 수업 비평
윤양수 지음 | 316쪽 | 값 15,000원
2014 문화체육관광부 우수교양도서

교사, 선생이 되다
김태은 외 지음 | 260쪽 | 값 13,000원

교사의 전문성, 어떻게 만들어지나
국제교원노조연맹 보고서 | 김석규 옮김 392쪽 | 값 17,000원

수업의 정치
윤양수·원종희·장군 지음 | 280쪽 | 값 14,000원

학교협동조합,
현장체험학습과 마을교육공동체를 잇다
주수원 외 지음 | 296쪽 | 값 15,000원

거꾸로교실,
잠자는 아이들을 깨우는 수업의 비밀
이민경 지음 | 280쪽 | 값 14,000원

교사는 무엇으로 사는가
정은균 지음 | 292쪽 | 값 15,000원

마음의 힘을 기르는 감성수업
조선미 외 지음 | 300쪽 | 값 15,000원

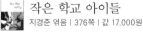
작은 학교 아이들
지경준 엮음 | 376쪽 | 값 17,000원

감성 지휘자, 우리 선생님
박종국 지음 | 308쪽 | 값 15,000원

대한민국 입시혁명
참교육연구소 입시연구팀 지음 | 220쪽 | 값 12,000원

교사를 세우는 교육과정
박승열 지음 | 312쪽 | 값 15,000원

전국 17명 교육감들과 나눈
교육 대담
최창의 대담·기록 | 272쪽 | 값 15,000원

들뢰즈와 가타리를 통해
유아교육 읽기
리세롯 마리엣 올슨 지음 | 이연선 외 옮김 | 328쪽 | 값 17,000원

▶ 더불어 사는 정의로운 세상을 여는 인문사회과학
사람의 존엄과 평등의 가치를 배운다

밥상혁명
강양구·강이현 지음 | 298쪽 | 값 13,800원

좌우지간 인권이다
안경환 지음 | 288쪽 | 값 13,000원

도덕 교과서 무엇이 문제인가?
김대용 지음 | 272쪽 | 값 14,000원

민주 시민교육
심성보 지음 | 544쪽 | 값 25,000원

자율주의와 진보교육
조엘 스프링 지음 | 심성보 옮김 | 320쪽 | 값 15,000원

민주 시민을 위한 도덕교육
심성보 지음 | 500쪽 | 값 25,000원
2015 세종도서 학술부문

민주화 이후의 공동체 교육
심성보 지음 | 392쪽 | 값 15,000원
2009 문화체육관광부 우수학술도서

교과서 밖에서 배우는 인문학 공부
정은교 지음 | 280쪽 | 값 13,000원

갈등을 넘어 협력 사회로
이창언·오수길·유문종·신윤관 지음 | 280쪽 | 값 15,000원

오래된 미래교육
정재걸 지음 | 392쪽 | 값 18,000원

동양사상과 마음교육
정재걸 외 지음 | 356쪽 | 값 16,000원
2015 세종도서 학술부문

대한민국 의료혁명
전국보건의료산업노동조합 엮음 | 548쪽 | 값 25,000원

교과서 밖에서 배우는 철학 공부
정은교 지음 | 280쪽 | 값 14,000원

교과서 밖에서 배우는 고전 공부
정은교 지음 | 288쪽 | 값 14,000원

교과서 밖에서 배우는 사회 공부
정은교 지음 | 304쪽 | 값 15,000원

전체 안의 전체 사고 속의 사고
김우창의 인문학을 읽다
현광일 지음 | 320쪽 | 값 15,000원

교과서 밖에서 배우는 윤리 공부
정은교 지음 | 292쪽 | 값 15,000원

카스트로, 종교를 말하다
피델 카스트로·프레이 베토 대담 | 조세종 옮김
420쪽 | 값 21,000원

▶ 살림터 참교육 문예 시리즈
영혼이 있는 삶을 가르치는 온 선생님을 만나다!

꽃보다 귀한 우리 아이는
조재도 지음 | 244쪽 | 값 12,000원

선생님이 먼저 때렸는데요
강병철 지음 | 248쪽 | 값 12,000원

성깔 있는 나무들
최은숙 지음 | 244쪽 | 값 12,000원

서울 여자, 시골 선생님 되다
조경선 지음 | 252쪽 | 값 12,000원

아이들에게 세상을 배웠네
명혜정 지음 | 240쪽 | 값 12,000원

행복한 창의 교육
최창의 지음 | 328쪽 | 값 15,000원

밥상에서 세상으로
김흥숙 지음 | 280쪽 | 값 13,000원

북유럽 교육 기행
정애경 외 14인 지음 | 288쪽 | 값 14,000원

▶ 남북이 하나 되는 두물머리 평화교육
분단 극복을 위한 치열한 배움과 실천을 만나다

10년 후 통일
정동영·지승호 지음 | 328쪽 | 값 15,000원

선생님, 통일이 뭐예요?
정경호 지음 | 252쪽 | 값 13,000원

분단시대의 통일교육
성래운 지음 | 428쪽 | 값 18,000원

김창환 교수의 DMZ 지리 이야기
김창환 지음 | 264쪽 | 값 15,000원

▶ 출간 예정

근간
공자던, 논어를 말하다
유문상 지음

근간
학교 민주주의의 불한당들
정은균 지음

근간
혁신학교의 모든 것
송순재 외 지음

근간
교장, 학교를 개혁할 수 있는가?
마이클 풀란 지음 | 서동연·정효준 옮김

근간
교육과정 통합, 어떻게 할 것인가?
성열관 외 지음

근간
학교생활기록부를 디자인하라
박용성 지음

근간
논쟁으로 보는 일본 근대교육의 역사
이명실 지음

근간
통합적 수업 일체화:
성취기준에서 학생의 성공까지
리사 카터 지음 | 박승열 옮김

근간
민주시민교육을 위한
역사수업 어떻게 할 것인가?
황현정 지음

근간
초등학교 전 학년 슬로 리딩 수업 이야기
박경숙 외 지음

근간
핀란드 교육의 기적은 어떻게 만들어지나
Hannele Niemi 외 지음 | 장수명 외 옮김

근간
함께 배움을 성공시키는 교사의 말하기
니시카와 준 지음 | 백경석 옮김

근간
삶을 위한
국어교육과정 수업 어떻게 할 것인가?
명혜정 지음

근간
세계 교육개혁의 빛과 그림자
프랭크 애덤슨 외 지음 | 심성보 외 옮김

근간
한글혁명
김슬옹 지음

근간
민주시민을 위한
수업·교육과정·평가를 어떻게 할 것인가?
염경미 지음

참된 삶과 교육에 관한
생각 줍기